www.tredition.de

AF197806

Doris Radmayr

Das geht so nicht...

... und andere (Kurz)Geschichten

www.tredition.de

© 2017 Doris Radmayr
Lektorat, Korrektorat: Korrektorat/Schreibbüro Manfred
Spöcklberger

Verlag: tredition GmbH, Hamburg

ISBN
Paperback: 978-3-7439-5524-0
Hardcover: 978-3-7439-5525-7
e-Book: 978-3-7439-5526-4

Printed in Germany

Das Werk, einschließlich seiner Teile, ist urheberrechtlich
geschützt. Jede Verwertung ist ohne Zustimmung des
Verlages und des Autors unzulässig. Dies gilt insbeson-
dere für die elektronische oder sonstige Vervielfältigung,
Übersetzung, Verbreitung und öffentliche Zugänglichma-
chung.

Das geht so nicht I

„Das geht so nicht", sagt sie. „Du kannst nicht kommen und gehen, wie du magst und dann noch erwarten, dass ich Zeit für dich habe oder gar vor Freude in die Luft springe, wenn du mal wieder unangekündigt auftauchst." Kasimir wandte sich ab und schlenderte in die Küche. Sie blieb im Gang stehen und fühlte erneut die Wut in sich aufkochen. Da kam die ganze Angst, die sie um ihn in den letzten vier Tagen gehabt hatte, heraus. „Und erwarte dir nur ja kein Festmenü, du Streuner, du Fremdgeher, du untreue Seele!"

Mühsam unterdrückt sie ein paar Tränen und will zurück ins Wohnzimmer. Zurück in ihre bequeme Leseecke, in der sie gerade gesessen hatte, als sie ihn aus dem Augenwinkel ums Haus streichen sah. Nein, dieses Mal ließ sie es nicht zu, dass er sich heimlich ins Haus schlich, dieses Mal empfing sie ihn an der offenen Haustür, die Hände in die Hüften gestemmt, wütend. Als er sie sah, zögerte er eine Sekunde, senkte den Blick und versuchte dann, möglichst gelassen und unbeteiligt an ihr vorbei ins Haus zu gehen. Sie verfolgte ihn mit zornigen Blicken, bis sie die Tür hinter sich schloss und mit ihrer Zornesrede begann.

Jetzt sieht sie ihn da drinnen stehen. Mager sieht er aus. Müde, aber nicht so ungepflegt, wie sie es nach dieser langen Zeit erwartet hätte. Er sieht sie nicht einmal an. Anscheinend hat er doch noch so etwas wie ein Gewissen. Sie zögert. Soll sie ihn stehen lassen, ihn ignorieren, sich wieder ihrer Beschäftigung von vorhin widmen? Trotzig reckt sie das Kinn nach vorne. Ja, genau, das wird sie machen. Doch im selben Moment spürt sie innerlich, dass sie dazu nicht in der Lage ist. Spürt, dass es ihr damit schlechter gehen würde als ihm, wenn sie versucht, ihn zu ignorieren. Resigniert zuckt sie mit den Schultern. „Was soll's, ich werde dich ja doch nicht mehr umerziehen können, in deinem Alter." Sie geht in die Küche, öffnet den Kühlschrank und sieht zu ihm. „Was willst du haben? Huhn oder Wild? Von beiden Dosen ist noch etwas übrig."

Er scheint ihren Stimmungsumschwung auch bemerkt zu haben und kommt näher. Mit einschmeichelndem Blick streicht er um ihre Füße und miaut.

„Schon gut, schon gut. Da hast du." Sie stellt die vollgefüllte Schale mit dem Katzenfutter auf den Boden. „Aber das nächste Mal, wenn du solange weg bleibst, kannst du was erleben!"

Das geht so nicht II

„Das geht so nicht", gesteht sie sich beim Hinausgehen ein. „Ich muss wirklich eine andere Strategie anwenden, wenn ich diesen Typ haben will."

Dieser Typ war ihr Chef. Und das seit mittlerweile sieben Monaten. Schon als sie ihn das erste Mal gesehen hatte, wusste sie, dass sie ihn rumkriegen wollte. Rumkriegen musste. Er sah aus wie Hugh Grant, hatte eine sonore Stimme wie Bill Whyte, und sie war sich auch ganz sicher, dass er mit ihr flirtete. Bei seiner Vorstellung hatte er ihr tief in die Augen geschaut, ihre Hand länger als nötig festgehalten und sie zu ihrem Arbeitsgebiet befragt. Länger als alle anderen.

Aber schön langsam fing sie an, an ihrem Plan zu zweifeln. Sie hatte beschlossen, ihn mit einer Mischung aus Kompetenz und gutem Aussehen zu beeindrucken. Egal, wie lange sie im Büro saß, sie war stets gestylt, als käme sie eben aus dem Badezimmer. An den kurzen Feierabenden saß sie über Büchern mit Fachliteratur und büffelte. Im wahrsten Sinn des Wortes. Jeden seiner Aufträge quittierte sie mit einem fröhlichen Lächeln und einem „Aber sicher doch, ich erledige das umgehend" und häufte sich so eine ganze Menge zusätzlicher Arbeit an. Er war charmant, freundlich, aber auch unerbittlich, wenn es um Abgabetermine ging, unnachgiebig, was die Qualität der Arbeit betraf und völlig neutral, wenn sie mit ihm sprach. Das durfte doch nicht wahr sein! Schon vor einiger Zeit hatte sie begonnen, sein Verhalten den anderen weiblichen und schließlich auch den männlichen Kollegen gegenüber genau zu beobachten. Da musste doch etwas dahinter stecken, dass er so gar nicht auf sie reagierte. Hatte jemand sie ausgebootet, ohne dass sie es bemerkt hatte? Wer könnte das sein? Sie war ratlos.

Da half nur eines: alles auf ein Pferd setzen, siegen oder mit fliegenden Fahnen untergehen. Nur was dann? Wenn sie mit ihrem Versuch, ihn zu verführen, scheiterte, was hätte sie dann noch für Chancen in dieser Abteilung? Sollte sie sich gleich versetzen lassen und dann ihren Angriff starten? Nein, so schnell würde sie das Feld nicht räumen.

Sie hatte sich nun einen genauen Zeitplan gesetzt. Noch drei Tage, dann ging sie zum Angriff über. An diesem Donnerstag würde ein spätes Meeting mit Geschäftspartnern aus China stattfinden, und sie war als Unterstützung und Protokollführerin dabei.

Danach fand wie üblich noch ein kleiner Umtrunk statt. Da würde sie es versuchen. Nein, nicht versuchen, da würde sie es schaffen.

Die Nacht auf Donnerstag konnte sie vor lauter Aufregung kaum schlafen. Den Arbeitstag verbrachte sie in einem tranceartigen Zustand. Dann war es so weit. Um 16.30 Uhr fand sie sich im Büro des Geschäftsführers ein und war vor lauter Vorfreude zappelig wie ein junges Mädchen vor ihrem ersten Kuss. Sie strich sich nervös die Haare aus dem Gesicht, zupfte an ihrem Kragen und schob ihre Unterlagen von einer Hand in die andere. Der Geschäftsführer, ein hagerer Mann um die sechzig, blickte zweifelnd in ihre Richtung. „Ist mit Ihnen etwas nicht in Ordnung?", fragte er schließlich zischend. „Sie zappeln hier rum, als müssten Sie noch auf die Toilette." Ärgerlich schüttelte er den Kopf und sah auf die Uhr. „Wo ist überhaupt Ihr Chef, der sollte doch auch schon längst hier sein. Die Delegation aus China kann jeden Moment eintreffen."

In diesem Moment ging die Türe des Büros auf und da war er. Mit leicht erhitztem Gesicht betrat er das Büro vor einer zarten Chinesin, die beide als Mitglied der Delegation ansahen. Soeben wollte der Geschäftsführer zu einer Begrüßung ansetzen, da unterbrach ihn ihr Chef mit einer entschuldigenden Geste.

„Verzeihen Sie, Herr Dingisch. Ich weiß, ich habe in dieser Sache sehr eigenständig gehandelt, aber ich hoffe, Sie verzeihen meinen Alleingang. Ich habe mir erlaubt, meine Frau Mie-Ling zu unserem Treffen dazuzubitten. Sie haben mir doch erzählt, dass Sie bei Ihren letzten Treffen gewisse Zweifel an der Integrität des Dolmetschers hegten, und da dachte ich mir, dass es nicht schlecht wäre, eine Kontrollinstanz mit dabei zu haben, die auf unserer Seite steht. Mie-Ling lebte bis zu ihrem 15. Lebensjahr in der Volksrepublik China und zog dann mit ihrem Vater und ihren Geschwistern nach Deutschland. Sie spricht fließend Chinesisch und Deutsch und kann uns so einige Hintergrundinformationen liefern, die während des inoffiziellen Teils des Meetings zwischen unseren Geschäftspartnern ausgetauscht werden."

Der Geschäftsführer reagierte erst zornig, dann verblüfft, schließlich war er von der Idee aber begeistert. „Herr Langreiter, ich werde Ihnen diese Eigenmächtigkeit nachsehen, weise sie aber darauf hin, dass es mir lieber ist, wenn ich in solche Pläne im Vorhinein eingeweiht werde." Er räusperte sich. „Frau Langreiter, ich bedanke mich bei Ihnen für Ihr Entgegenkommen und freue mich schon, Ihnen unsere chinesische Delegation vorzustellen."

Sie stand die ganze Zeit da wie die sprichwörtliche Salzsäule. Erstarrt, mit offenem Mund und fassungslos. Ihr Chef – verheiratet? Aber vielleicht war ihm das ja gar nicht so ernst? Nur – wie sollte sie ihn in Gegenwart seiner Frau verführen? Das ging ja gar nicht. Sie kam sich plötzlich lächerlich und aufgedonnert vor. „Das geht so nicht", sagte sie leise zu sich selbst, „das geht so gar nicht."

Das geht so nicht III

„Das geht so nicht", sagte ich und richtete mich schwer schnaufend wieder auf. „Ich krieg den verdammten Abfluss einfach nicht auf."

Susi stand heulend vor mir.

„Probier's noch mal", bettelte sie mich an. „Der Ring muss da drinnen sein."

„Bist du sicher, dass du ihn nicht schon vor dem Abwaschen verloren hast? Wenn ich den Siphon zerstöre und ihn nicht finde, bist du auch nicht besser dran."

Susi nickte.

„Das weiß ich. Das weiß ich doch. Aber er muss einfach da drinnen sein."

Ich schüttelte den Kopf und fragte mich, wer – außer Susi – heutzutage denn überhaupt noch von Hand abwusch? So eine blöde Angewohnheit, noch dazu, wo der Geschirrspüler direkt neben der Abwasch stand.

„Ich finde ja, dass das Ganze von Anfang an eine Schnapsidee war", fauchte ich sie an, schüttelte dann resigniert den Kopf und beugte mich wieder zu meinem Werkzeugkasten hinunter. Dort kramte ich ein wenig herum, nahm eine zweite Rohrzange in die Hand und robbte dann, auf dem Rücken liegend, wieder unter den Küchenkasten. Kurze Zeit später schlüpfte ich wieder heraus. Der Schweiß tropfte mir von der Stirn, und meine rechte Hand zitterte ein wenig von der Anstrengung.

„Wenn du dir sicher bist, dass er da drinnen liegt, hol einen Installateur. Wenn nicht, pack schon mal deinen Koffer für die Flucht. Ich schaff es einfach nicht. Tut mir leid."

Ich stand auf, wartete noch eine Weile, aber als von Susi keine Antwort kam, schnappte ich mir den Werkzeugkoffer und verließ das Haus durch die Terrassentür.

Zuhause packte mich das schlechte Gewissen. Ich wusste, was Susi bevorstand, wenn der Ring verschwunden blieb. Der Juwelier, bei dem sie arbeitete, war eine zwielichtige Gestalt. Er hatte Mittel und Wege, säumige Kunden zu prompten Zahlungen zu bewegen, verkaufte seine Schmuckstücke am liebsten an Kunden, denen die Herkunft derselben völlig egal war, und Susi hatte auch schon den Verdacht geäußert, dass da mehr als nur Ringe, Ketten und Armbänder über oder unter dem Ladentisch verkauft wurde. Aber sie hatte dringend eine Arbeit gebraucht, die Bezahlung war außerordentlich gut, und die meiste Zeit konnte sie in dem kleinen Geschäft schalten und walten, wie sie wollte. Allerdings hat meine liebe Nachbarin das Gemüt eines zweijährigen Kindes und dachte sich nichts dabei, des Öfteren mal einen hübschen Ring am Feierabend mitzunehmen und ihn am kommenden Tag wieder in seine Schatulle zurückzulegen. Einmal, kurze Zeit nach Susis Arbeitsbeginn, hatte ihr Chef schon seinen Verdacht geäußert, dass sie unrechtmäßig seinen Schmuck trug. Er hatte getobt und sie angeschrien. Susi war sich damals sicher, gleich am nächsten Tag entlassen zu werden, aber das passierte nicht. Ein anderes Mal hatte er sie erwischt und Drohungen ausgesprochen, die ihr noch heute gelegentlich den Schlaf raubten, sie allerdings wieder nicht zurück in die Arbeitslosigkeit geschickt. Das hatte sie nachdenklicher, aber auch unvorsichtiger werden lassen. Und jetzt? Was, wenn sie den Ring nicht mehr fand? Würde er ihr einen

Schlägertrupp auf den Hals schicken? Ein Killerkommando? Ich saß in meinem Büro und blickte aus dem Fenster zu Susis Haus. Bald würde ihr dämlicher Freund nach Hause kommen, dem müsste sie dann auch noch erklären, warum sie versucht hatte, den Abfluss zu öffnen. Dieser Gunbert war sowieso zu nichts nutze. Wohnte mietfrei bei Susi, ließ sich von ihr bekochen und bedienen, trug nichts zu den Lebenskosten bei und flippte bei den kleinsten Abweichungen von seinem so heißgeliebten Alltag aus.

Wieder schüttelte ich den Kopf. Susi war so ein herzlicher und lieber Mensch. Ich konnte einfach nicht begreifen, warum sie sich mit diesem Typ abgab. Was gab er ihr, dass sie sich so behandeln ließ?

Am nächsten Morgen musste ich früh raus und bekam nicht mehr mit, ob Susi noch einen Handwerker zu sich bestellt hatte. Ein ausschlaggebender Grund für Susi, die Arbeit im Juwelierladen anzunehmen, war nämlich auch gewesen, dass dieser erst um 10.30 Uhr aufsperrte, nachmittags regulär bis 16.30 Uhr geöffnet hatte und nur, wenn sich gute Kunden vorher anmeldeten, länger offen blieb. Dafür musste sie am Samstag zusätzlich von 15 bis 19 Uhr arbeiten, was ihr aber egal war, da sie keine zeitraubenden Hobbys hatte und den Samstag sowieso gerne in der Stadt in einem Café verbrachte. So ging sie ihrer Samstagsbeschäftigung am Vormittag nach, setzte sich nachmittags ins Geschäft, polierte die Glaskästen, bediente die hereintröpfelnde Kundschaft und fühlte sich wohl dabei.

Als ich am späten Nachmittag heimkam, war es im Nachbarhaus jedenfalls dunkel und ruhig. Ich machte mich daran, meine Wäsche zu sortieren, abzustauben und ein paar Dinge umzuräumen. Lauter Tätigkeiten, bei denen meine Hände beschäftigt waren und mein Kopf Zeit hatte, zur Ruhe zu kommen. Das brauchte ich nach einem Arbeitstag, bevor ich mich hinsetzen und mich auf ein Buch konzentrieren konnte.

Ich versuchte, den Ring, Susi und ihren halbseidenen Chef aus dem Kopf zu bekommen und wandte mich wieder der Wäsche zu. Nach einiger Zeit hörte ich von draußen, wie ein Auto zum Nachbarhaus fuhr. Das musste dann wohl Gunbert sein, der heute früher von der Arbeit kam. Susi fuhr immer mit dem Rad, egal zu welcher Jahreszeit. Im Winter kam es auch des Öfteren vor, dass sie ihr Rad nur neben sich herschob, weil es zu rutschig war, aber sie bestand darauf.

Mit einem kurzen Blick erkannte ich, dass ich recht gehabt hatte. Gunberts Riesenschlitten stand vor dem Haus, ein paar Lichter waren an. Dann ging plötzlich alles ganz schnell.

Wie in einem Action-Film waren da plötzlich noch drei andere Autos, aus denen jeweils vier schwarzgekleidete Männer stiegen, die sich von allen Seiten her dem Haus näherten. Ich stand wie gebannt schräg hinter dem Fenster und staunte. Das war ja wie im Kino!

Plötzlich sah ich Susi am Ende der Straße auftauchen.

„Nicht!", dachte ich verzweifelt. „Bleib stehen, geh da nicht weiter!"

Ich überlegte, wie ich ihr ein Zeichen geben konnte, aber währenddessen war Susi schon fast bei ihrem Haus angekommen. Fast. Denn plötzlich machte sie einen Schlenker mit dem Rad, fuhr quer über ihre Wiese und verschwand auf der Hinterseite meines Hauses. Ich stürmte die Treppen hinunter und öffnete die Küchentüre.

„Was ist da los?", fragte Susi atemlos.

„Ich weiß es nicht", antwortete ich. „Gunbert fuhr zum Haus und plötzlich waren da diese Männer und ihre Autos, ich weiß es wirklich nicht, das ging alles so schnell!"
Ich zitterte und Susi war kreidebleich.
„Los, wir gehen rauf und schauen rüber, was passiert", flüsterte ich.
„Warum flüsterst du?" fragte Susi.
„Ich weiß auch nicht", flüsterte ich zurück, „ich habe Angst, bemerkt zu werden."
Susi sah mich nachsichtig an und schüttelte den Kopf. „Na komm schon, lass uns nach oben gehen und sehen, was passiert."
Wir stiegen die Treppen hinauf und stellten uns links und rechts neben das Fenster. Vorsichtig lugten wir um die Ecke in Richtung des Nachbarhauses. Noch immer standen die fremden Autos um jenes von Gunbert. Sonst war nichts zu sehen. Ich öffnete das Fenster einen Spalt, trat wieder zur Seite und lauschte. Aber wir konnten auch nichts hören! Was war da drinnen bloß los? Die Männer waren doch kein Kaffeebesuch, sondern ein Schlägertrupp. Hätten wir denn nicht Schläge hören müssen? Oder Gunberts Wimmern? Oder zerbrechende Fenster, splitterndes Holz? Die Phantasie ging mit uns durch.
Wieder spähte Susi nach draußen.
„Sie kommen raus", flüsterte sie nun ganz aufgeregt. „Aber ich sehe Gunbert nicht! Ich muss nachsehen, ob es ihm gut geht."
„Spinnst du? Warte doch erst mal, bis die weg sind. Und dann, wenn du weißt, dass alle weg sind, warten wir noch ein paar Minuten, ob sie nicht wieder zurückkommen, und erst dann gehst du rüber ins Haus und siehst nach ihm."
„Wieso gehe nur ich? Kommst du denn nicht mit?" Susi

sah mich entgeistert an.

„DEIN Chef, DEIN verlorener, geklauter Ring, DEIN Freund, DEIN Haus. DU gehst."

Ich lehnte mich mit verschränkten Armen an die Wand.

„Ich hab den Ring nicht geklaut. Ich hab ihn ausgeliehen."

„Egal, ich gehe nicht mit."

Susi schob den Unterkiefer vor, hob den Kopf und blickte mich aus halbgeschlossenen Augen an. „Ja, ja, schon gut. Ich hab's verstanden. Du magst ihn nicht. Du konntest dich nie damit abfinden, dass ich ihn mag."

„Das hat mit Abfinden nichts zu tun, dieser Kerl tut dir einfach nicht gut. Das scheinst du aber selbst nicht zu spüren."

Resigniert setzte ich mich auf einen kleinen Beistelltisch.

„Ich frage mich, wie lange du ihn noch durchfütterst und ihn zur Draufgabe auch noch von hinten und vorne bedienst."

Susi schob die Unterlippe vor, wie ein bockiges Kind. „Ach was, das bildest du dir nur ein."

Sie stockte – ihr Kopf flog herum, und sie ging zurück ans Fenster. Wir beide hatten es gehört. Die Autos fuhren wieder weg.

Susi lief die Treppen ins Erdgeschoß hinunter und wollte aus der Haustüre stürmen.

„Warte", rief ich hinter ihr her. „Warte doch! Was ist, wenn noch welche da sind? Hast du gezählt, wie viele rein und wie viele raus sind? Pass doch auf!"

Aber Susi war schon draußen, zögerte eine halbe Sekunde und lief dann weiter. Ich rannte hinter ihr her und betrat das Nachbarhaus mit etwas Abstand. Ich sah in die Wohnküche – leer, ins Gäste-WC – leer, auch das Büro war menschenleer. Da hörte ich Susis Stimme von oben.

Schnell lief ich die Treppen hinauf, folgte den Geräuschen – und da waren sie. Gunbert lag auf dem Boden, ein verschwollenes, blutendes Etwas. Susi stand neben ihm. Sie flüsterte etwas, das ich nicht verstehen konnte.

„Susi, was ist hier los? Waren das…"

„Schschschscht!" Susi zischte mich an. Sie sah auf und sagte: „Die waren wegen IHM hier, nicht wegen mir. ER hat Geld veruntreut in seiner Firma und das war wohl die zweite Warnung. Und ich Trottel mache mir Sorgen, dass ihm wegen mir etwas passiert ist."

„Naja, passiert ist hier wohl genug. Willst du nicht die Rettung anrufen? Ich glaube nicht, dass wir ihn hier so liegen lassen sollten."

„Die Rettung?", fauchte Susi. „Für dieses untreue Stück Scheiße? Was glaubst du, für wen er in der Firma geklaut hat? Etwa für mich, bei der er wohnte und aß und bedient wurde? Nein, das Geld ging an seine andere Tussi, mit der er die halben Tage verbringt, damit sie sich ihre Töpfe ausstopfen lassen kann. Dieses Arschloch!"

Susi bebte vor Wut. Ich grinste – so hatte ich Susi noch nie gesehen. Anscheinend konnte die liebe, freundliche, leicht kurzsichtige Susi also auch ganz andere Saiten aufziehen.

„Von wegen, die Rettung rufen! Ich gehe jetzt aus. Ein Kinobesuch, danach noch zum Italiener. Komm doch mit, ich lade dich ein."

Und dann in einer sehr viel härteren Stimme.

„Und wenn ER" – sie trat leicht mit dem Fuß gegen den vor ihr liegenden Körper – „danach noch immer da ist, werde ich nicht seinen Chef anrufen, sondern meinen. Dem werde ich erzählen, dass es Gunbert war, der mich angestiftet hatte, den Ring zu stehlen, weil er damit seine Schulden in der Firma begleichen wollte. Mal sehen, was

DIE mit ihm anstellen. Hast du das verstanden???"
Gunbert nickte leicht.
„Dann ist's ja gut. Komm, wir gehen."
Susi drehte sich um und verließ das Haus mit schwingenden Schritten. Ich folgte ihr zögernd und hatte irgendwie die gleichen Gedanken im Kopf wie gestern, als ich unter ihrer Spüle lag: Das geht so nicht...

Das geht so nicht IV

„Das geht so nicht", sagte sie zu ihrem Chef.

„Ich habe mich wirklich angestrengt, bin früher gekommen und später gegangen. Ich habe mich den Zeiten der anderen angepasst, habe versucht, ihnen entgegenzukommen und nicht allzu sehr meine eigenen Wünsche durchzusetzen. Aber diese ständige Feindseligkeit, mit der mir der Großteil der Kolleginnen entgegentritt, ist nicht auszuhalten. Entweder mache ich nur mehr die Arbeit, für die ich mich ursprünglich beworben habe, oder ich höre auf. Diese Vertretungsdienste im Hauptbüro schaffe ich einfach nicht mehr."

Sie stand da und blickte zu Boden. Ihre Unterlippe zitterte, ihre Stimme zitterte. Mist, gleich würde sie anfangen zu heulen.

„Ich wusste nicht, dass es so schlimm ist", sagte ihr Chef nach einer kurzen Pause ruhig. „Du hättest früher kommen sollen, aber das ist jetzt überflüssiges Geschwätz. Ist denn etwas Konkretes vorgefallen, dass du jetzt kommst?"

„Nein, und das ist ja das Problem", antwortete sie nun wieder etwas gefasster. „Ich könnte dir keinen konkreten Anlass sagen, bei dem sie mir in den Rücken gefallen sind. Es ist die Grundstimmung, die sie mir gegenüber zeigen, es sind die vielen ständigen Änderungen im Dienstplan, das Verstummen, wenn ich zufällig zu ihnen in den Aufenthaltsraum gehe, weil ich mir ein Glas Wasser holen will. Das Kichern hinter meinem Rücken." Sie seufzte. „Ach, ich weiß auch nicht. Jetzt, wenn ich darüber spreche, kommt mir das alles wieder lächerlich vor."

Er nickte. Leider hatte er schon von ihrer Vorgängerin das Gleiche hören müssen und war somit weniger überrascht über ihren Bericht, als sie es erwartet hätte. Es war ein Problem, mit dem er sich nun schon seit über fünf Jahren herumschlug. Die Mitarbeiterinnen waren ein eingeschworenes Team, aber leider um eine Person zu wenig für die anfallende Arbeit. Nur: Jede neue Kollegin, die sie bekamen, wurde nach spätestens sechs Monaten hinausgeekelt. Und das auf eine Art und Weise, dass sie ihnen kaum vorgehalten werden konnte, weil sie nicht beweisbar war.

„Fürs Erste bleibst du mal in der Zweigstelle und feierst ein paar deiner Überstunden ab", sagte er jetzt. „Es wird zwar einen Riesenaufschrei geben, aber wenn die Gruppe in dieser Konstellation so unkollegial ist, werde ich sie wohl auflösen müssen. Das muss ich aber mit dem Bereichsleiter absprechen. Aber ich bin mir sicher, er sieht das genauso wie ich. Ihm ist das Wichtigste, dass die Arbeit zuverlässig erledigt wird, und das ist ja wohl nicht der Fall, wenn keine neuen Arbeitskräfte im Team akzeptiert werden."

Später saß er alleine in seinem Büro, blickte zum Fenster hinaus und überlegte sich einen Plan. Er wusste jetzt schon, dass er mit dieser Aktion den Hass der Mitarbeiterinnen auf sich ziehen würde, aber damit konnte er leben. Er wusste, dass er das als Vorgesetzter aushalten musste und auch, dass er auf dem längeren Ast saß. Wie erwartet, hatte der Firmenchef ihm freie Hand gegeben und wollte nur über die Maßnahmen informiert werden, die er ergreifen würde. Das war kein Problem.

Er nahm sich den Stellenplan und schrieb das Beschäftigungsausmaß und den momentanen Dienstplan neben die Namen derjenigen Personen, die für eine Rotation in Frage kämen. Wichtig war, dass nur mehr zwei der jetzigen Mobbergruppe in diesem Büro bleiben würden, und das so, dass sie nie gemeinsam anwesend sein würden. Das war einfach. Dann suchte er nach Personal, das ungefähr die gleichen Arbeitszeiten wie die auszutauschenden Mitarbeiterinnen hatte, und achtete darauf, dass jede von ihnen in eine andere Abteilung gelangen würde, sodass während der Arbeitszeit kein Kontakt mehr untereinander möglich wäre. Auch das war schnell erledigt.

Dann galt es noch, die dortigen Abteilungsleiter zu informieren, ihre Zustimmung zu erwirken und danach den Beschluss zusammengefasst an seinen Vorgesetzten zu mailen.

Innerhalb einer Stunde hatte er das alles erledigt. Dann schrieb er sich noch ein paar Stichwörter für die nächste Wochenbesprechung auf, in der er die Veränderung bekanntgeben würde. Sie fand am Freitag statt – ab Montag wäre der neue Dienstplan wirksam. So konnte es weniger Gegenaktionen geben, als wenn er ihnen länger Zeit gelassen hätte.

Zufrieden lehnte er sich in seinen Bürosessel zurück und verschränkte die Hände hinter dem Kopf. Er liebte solche Herausforderungen: etwas Kniffliges, etwas, bei dem andere zauderten oder – noch besser – schon mal gescheitert waren.

Der Freitag kam – und mit ihm der von ihm erwartete Entrüstungssturm. Einzelne Mitarbeiterinnen verließen den Raum, lautstark die Tür zuknallend, doch darüber sah er einfach hinweg. Er erklärte die von ihm vorgestellte Änderung, gab jeder einzelnen Mitarbeiterin bekannt, wie und in welchem Büro sie ab Montag arbeiten würde, und da dies für die meisten wirklich nur eine räumliche Veränderung bedeutete, fiel keiner von ihnen ein schlagendes Gegenargument ein.

Die restlichen Bekanntmachungen des Tages waren schnell erledigt, und alle gingen zurück an ihre Arbeitsplätze.

Sie war nur still im Besprechungszimmer gesessen und hatte gestaunt. Sie hatte die Reaktionen beobachtet und zwar die der sie mobbenden Kolleginnen. Allen voran die der einen, die davongerannt war. Was sie darin gesehen hatte, hatte sie überrascht. Es war Angst gewesen. Verunsicherung und Angst. Nicht der Zorn oder die Wut – vielleicht sogar auf sie, da sich alle denken konnten, dass sie schuld an dieser Maßnahme war –, sondern fast das Gegenteil. Wie unsicher mussten sich diese Frauen sein, wenn sie es nötig hatten, andere zu verunsichern, damit sie selbst besser dastanden. Bei einer, bei der sie oft das Gefühl gehabt hatte, dass sie diese ganze Hetze eher nur passiv tolerierte, als aktiv mitzumachen, glaubte sie sogar, einen Hauch von Erleichterung wahrgenommen zu haben. Sie ging nach der Besprechung nach Hause, weil sie ja auf Anweisung ihres Chefs ihre Überstunden abbummeln sollte.

Da saß sie nun. Ab Montag würde sie wieder einmal pro Woche im Hauptbüro vertreten. Es war nur eine Schicht von acht Stunden und in der war sie für allgemeine Schreibarbeiten, Telefondienst, Ablage und Kontrolle des Verbrauchsmaterials zuständig. Das waren zum Glück alles Arbeiten, die sie sehr selbstständig durchführen konnte, weil sie weitgehend auch der Arbeit in ihrer Zweigstelle entsprachen.

Sie war einerseits erleichtert, in der kommenden Woche nicht mehr zurück in diese „Räuberhöhle" zu müssen, andererseits aber noch immer sehr unsicher und auch ein klein wenig schuldbewusst, weil sie gepetzt hatte. Das war ein unangenehmes Gefühl.

Sie versuchte sich abzulenken, indem sie ihre Garçonnière von oben bis unten putzte. Aber nachdem sie das sowieso regelmäßig tat, war da nicht viel zu tun. Sie war fertig und es war noch nicht mal 12 Uhr. Sie überlegte, was sie mit ihrer ungeplanten Freizeit anfangen könnte. In die Stadt gehen zum Bummeln machte ihr keinen Spaß. Sie war keine Zeitvertreib-Shopperin, hatte keine so ausgestochenen Bedürfnisse, dass diese sie von einem Geschäft ins nächste treiben würden. Sie war ein ruhiger Mensch, ging gerne spazieren, am Samstag auch mal auf den Grünmarkt. Dort kaufte sie dann strategisch ein, sodass sie die restlichen fehlenden Lebensmittel danach im Supermarkt holen konnte und mit diesen Einkäufen genau für eine Woche auskam. Meistens kochte sie dreimal pro Woche und fror mindestens einmal davon eine Extraportion ein, die sie dann in der kommenden oder übernächsten Woche als Büromahlzeit mitnahm. Sie mochte nichts wegwerfen, kochte sorgfältig und überlegt, meistens mit saisonal-regionalen Produkten, wollte aber auch nicht allzu viel Zeit in ihrer kleinen Küche verbringen. Nachdem sie nicht wusste, was sie sonst tun sollte, schob sie den Sessel ihrer Sitzlandschaft zur Seite und rollte ihre Yogamatte aus. Dann zog sie sich eine bequeme Jogginghose an, zog die Socken aus und holte ihr Sitzkissen vom Balkon. Es lag immer da draußen, nachdem ihr vor knapp einem Jahr eine Kurskollegin beim Verlassen des Kurses einen halben Liter Milch über das Kissen geschüttet hatte. Anfangs hatte sie sich nichts weiter dabei gedacht, hatte es trocknen lassen und weiterverwendet. Doch schon bald fiel ihr auf, dass es – besonders in der geheizten Wohnung – einen äußerst unangenehmen, säuerlichen Geruch verströmte, der ihr, je öfter sie ihn wahrnahm, einen immer stärkeren Brechreiz bescherte. Sie selbst trank keine Milch mehr, seit sie zehn war und sich endlich in dieser einen Sache gegen ihre Mutter – eine dicke, rosige Person, die immer alle Kinder, alle Menschen, alle Lebewesen zu umarmen schien – durchgesetzt hatte. Ihre Mutter war völlig bestürzt gewesen über den Ausbruch, der sie dazu brachte, aus ihrem Alles-wird-gut-komm-her-ich-geb-dir-noch-eine-dicke-Umarmung-Modus herauszutreten und ihrer Tochter zuzuhören. Erstaunt, erschrocken und betroffen war sie gewesen, als sie gehört hatte, was für eine Qual, eine Folter, ein Grausen es für ihre Tochter darstellte, das obligatorische Glas Milch zum Abendessen trinken zu müssen. Tränenüberströmt saß sie da, verzweifelt, weil sie es einfach nicht mehr schaffte, gegen ihr eigenes Würgen anzukämpfen, es nicht mehr fertig brachte, wie die anderen – sie hatte vier Geschwister und drei Pflegekinder ihrer Mutter um sich – die Augen zu verdrehen und mit einem mal mehr, mal weniger gespielten Verzerren des Gesichts die Milch hinunterzustürzen. Michael, ihr Bruder, zeigte ihr jedes Mal den Vogel, wenn sie ihm davon erzählte, wie sehr sie sich vor diesem Glas fürchtete. Vor dem Moment, in dem sie es wieder nicht schaffen würde, einfach zu sagen: Danke nein, ich trinke lieber Wasser. Gib die Milch doch einer von den Kleinen. Micheal trank gerne Milch, auch wenn er als Großer natürlich so tun musste, als würde er lieber schon ein Glas Bier mit den Erwachsenen trinken.

Sie setzte sich auf ihr Kissen und begann mit ihren Atemübungen. Einatmen, ausatmen, kurze Pause. Einatmen, ausatmen, kurze Pause. Immer und immer wieder. Sie versuchte dabei, ihre Gedanken in Zaum zu halten, sie nicht wie wildgewordene Pferde über ihre Gedankenlandschaft galoppieren zu lassen, sondern immer schön beim Atem zu bleiben. Immer wieder musste sie einen Gedanken zurückpfeifen, sich selbst mahnen, dranbleiben.

Danach folgten noch zwei verschiedene Variationen der Wechselatmung, dann einatmen, Pause, ausatmen. Einatmen, Pause, ausatmen.

Sie fühlte sich gut, innerlich leicht und aufgeräumt. Diesen Zustand liebte sie. Am liebsten wäre sie genauso sitzen geblieben, bis ans Ende aller Tage. Aber sie musste die Augen wieder öffnen, aufstehen und sich wieder mit der Welt konfrontieren. Es war noch nicht die Zeit, um sich völlig zurückzuziehen und in einem abgeschiedenen Kämmerlein Yogaübungen und Pranayama in aller Stille zu praktizieren. Das zumindest hatte ihre Yogalehrerin zu ihr gesagt, als sie seufzend nach einer Yogastunde die Frage in den Raum gestellt hatte, warum sie denn nicht einfach hier – im Yogazentrum – bleiben durfte, um bis in alle Ewigkeit die Ruhe und den Frieden dort zu genießen.

Sie streckte sich, rieb beide Hände aneinander, bis sie ganz warm waren und legte sie dann auf ihr Gesicht. Dann stand sie – etwas widerwillig – wieder auf, streckte ihren Körper noch einmal kräftig durch und räumte die Matte wieder weg. Das Yogakissen hielt sie mit gerunzelter Stirn in der Hand und betrachtete es. Es war mittelblau mit einem etwas helleren, breiten Rand. Sehr weich – sie musste es einmal sogar flicken, weil eine Naht aufgeplatzt war und der Dinkel, mit dem es gefüllt war, durch den Seminarraum kollerte, in dem sie gerade saß. Das war ja vielleicht peinlich gewesen. Sich dort in dem Seminarzentrum Nadel und Faden zu besorgen ging ja noch, aber das Gelächter und die Sprüche der anderen, als sie beim gemeinsamen Mittagessen aufgetaucht war: Was denn, kochst du heute gar nicht selbst? Eine ältere Seminarteilnehmerin hatte offenbar ihr Unbehagen richtig gedeutet und war zu ihr gekommen. „Aber das ist doch nicht böse gemeint. So was kann jedem passieren, und die Sprüche sind doch nur dazu gedacht, dass das Ganze nicht schweigend, peinlich oder ernst abgehandelt werden muss." Dankbar hatte sie genickt, war sich aber trotzdem etwas ausgelacht vorgekommen.

Das war schon immer ein Problem von ihr gewesen. So wunderte sie sich auch nicht, als die Situation in der Arbeit sich immer mehr zugespitzt hatte. Sie war eher überrascht gewesen, als sie von ihrem Chef gehört hatte, dass es auch bei ihrer Vorgängerin Probleme gegeben hatte. Sie hatte diese Art von Ausgrenzung schon oft erlebt. In ihrer Familie, in der Schule, in Seminaren. Und nun eben auch im Beruf. Sie war immer gerne an Arbeitsplätzen gewesen, wo sie alleine arbeiten konnte, einen Arbeitsbereich ganz für sich hatte und sich mit niemandem absprechen musste. Das hatte zwar auch den Nachteil, dass sie vor einem Urlaub umso mehr arbeiten und danach das Versäumte aufholen musste, aber das war es ihr wert gewesen. Niemand, der versuchte, ihr die unangenehmen Aufgaben zuzuschanzen, sondern Ruhe und Frieden. Dort konnte sie sich auf die Arbeit konzentrieren – und nicht auf die

Kollegen.

Aber ab kommender Woche wären die Karten neu gemischt, und sie würde einen neuerlichen Anlauf starten, um im Hauptbüro in Frieden ihre Arbeit zu tun.

Jetzt lag erst mal ein langes, freies Wochenende vor ihr, sie würde lesen und spazieren gehen. Ihre Wohnung vielleicht ein weiteres Mal putzen und nicht an den Montag denken.

Das geht so nicht V

„Das geht so nicht", sagte sie zu ihrem Mann. „Wir können doch nicht schon wieder umziehen." Er stand halb abgewandt neben ihr an der Spüle und sah aus dem Fenster.

„Das geht einfach nicht. Wir sind doch gerade erst seit gut einem Jahr hier. Am Mittwoch wären es dreizehn Monate." Ihre Stimme wurde immer leiser, als hätte sie begriffen, dass alles, was sie sagte, umsonst war. Die Entscheidung war gefallen. Hier ging es nicht darum, eine Entscheidung zu finden, sondern darum, dass Klaus ihr seine Entscheidung mitgeteilt hatte. Friss oder stirb.

Das war schon immer so gewesen. Schon bei seinem „Heiratsantrag". Er hatte sie nicht gefragt, ob sie ihn heiraten wolle, sondern ihr – zugegebenermaßen auf sehr romantische Art und Weise – erklärt, wann sie es, in welchem Kleid, an welchem Ort, mit welchen Zaungästen tun würde. Sie hatte damals auch schon darauf gewartet, ob er ihr erklären würde, was sie wann essen, wie viel sie trinken und wann sie die Feier verlassen würden, aber das hatte er dann doch nicht getan. Damals war ihr dieses Verhalten als sicher und zielstrebig erschienen. Sie war geschmeichelt und vermutete hinter dieser „Masche", wie sie es zu dieser Zeit noch für sich nannte, eine gewisse Unsicherheit, die er zu überspielen versuchte.

Mittlerweile wusste sie es besser. Klaus war der egoistischste Mensch, den man sich nur vorstellen konnte. Er fällte Entscheidungen, sie hatte ihnen zu folgen. So wie der nächste Umzug. Dabei hatte sie eben erst begonnen, sich in ihrer Zweieinhalbzimmerwohnung so richtig wohlzufühlen. Sie hatte sie nach und nach immer mehr ihrem Geschmack entsprechend dekoriert und eingerichtet. Das war Klaus vielleicht unbewusst aufgefallen, und dadurch hatte sie ihn wohl dazu getrieben, wieder eine neue Wohnung zu suchen, wieder umzuziehen, dort wieder alles nach seinen Ideen einzurichten, um wieder das Gefühl, alles im Griff zu haben, zurückzuerlangen.

Klaus sah sie an. „Das ist eine einfache Milchmädchenrechnung. Wir haben dort ein Zimmer mehr, zahlen aber um fast sechzig Euro weniger. Da muss man doch nicht überlegen."

„Aber der Platz hier reicht doch für uns, und es ist so schön hier. Die Nachbarn sind nett, der Park ist gleich ums Eck. Die Bushaltestelle liegt vor der Tür." Das interessiert dich zwar nicht die Bohne, fuhr sie in Gedanken fort, du fährst ja jeden Meter mit dem Auto. Langsam spürte sie Groll in sich aufsteigen. Groll auf seine bestimmende Art, sein Unvermögen, sich nur ein einziges Mal auf einen Kompromiss einzulassen. Groll aber vor allem auf sich selbst, weil sie es nie geschafft hatte, seinen Vorschriften etwas entgegenzuhalten. Wie ein dressierter Pudel war sie immer gesprungen, wenn er gesagt hatte: Spring!

„Ich finde, du hättest mich fragen können. Schließlich wohnen wir beide hier, ich zahle genauso einen Teil der Miete und möchte hier nicht weg." Klaus drehte langsam den Kopf in ihre Richtung und sah sie prüfend an, als sei er sich nicht sicher, ob er da richtig gehört hatte. „Was?", sagte er nach ein paar Sekunden und zog die Augenbrauen in die Höhe.

„Ich – will – hier – nicht – weg." Sie sprach jedes Wort

langsam und überdeutlich aus. Lauter, als sie es früher je gewagt hätte.

Sie wandte sich ab und tat so, als würde sie sich dem Kochen widmen. Aber was ihre Hände in dem Moment taten, wusste sie nicht. Sie staunte über sich selbst. Wow, wenn sie sich das vorgenommen hätte, Klaus so direkt zu widersprechen, wäre ihr das nie gelungen! Sie musste beinahe über sein erstauntes Gesicht lachen, das ihr nun wieder einfiel, als hinter ihr das Donnerwetter losging.

Mit zwei Riesenschritten stand er neben ihr, riss sie am Arm herum und schrie in ihr Gesicht. „Sag mal, bist du jetzt komplett irre geworden? Was bildest du dir überhaupt ein? Glaubst du, ich reiße mir den Arsch auf, um für das Frauchen alles zu richten, alles zu managen und bereitzustellen, und du kannst dann hier einen auf Zicke machen? Dass ich nicht lache. Was du willst, ist, mit mir verheiratet zu sein, also wohnst du gefälligst dort, wo ich wohnen will. Hast du das verstanden?! Der Umzug ist am letzten Wochenende nächsten Monat, und bis dahin ist die neue Wohnung geputzt, unser Zeug in Kisten verpackt und beschriftet, und so einen Scheiß will ich von dir nie wieder hören!"

Er war so nah bei ihr, dass sie die feinen Speicheltröpfchen spürte, die er in seiner Wut nicht verhindern konnte. Sie starrte in sein Gesicht. Interessanterweise war sie keineswegs eingeschüchtert von seinem Ausbruch. Sie, die sonst bei jedem lauten Wort zusammenzuckte. Sie war eher erstaunt. So leicht war er also auf die Palme zu bringen? Durch nur einen Satz? Das war ja lustig. Als so empfindlich hätte sie ihn früher nie eingestuft.

Sie hatte das Gefühl, die ganze Szene aus einer Art Vogelperspektive beobachten zu können. Klaus, wie er hilflos vor ihr herumschrie. Sich selbst, wie sie dastand und ihn dabei betrachtete. Sie hatte sich keinen Millimeter bewegt, nachdem er ihren Arm wieder losgelassen hatte. Den Kopf nicht abgewandt, keine Miene verzogen. Jetzt stapfte er mit wütenden Schritten aus dem Raum und knallte die Wohnzimmertür zu. Sie schüttelte den Kopf. Also das war ja nun wirklich kein Benehmen. So ging das nicht weiter.

Sie folgte ihm und setzte sich auf den einzelnen Sessel, der im rechten Winkel zur Couch stand. Dort saß Klaus mit noch immer hochrotem Kopf.

„Was war denn das eben?", fragte sie ihn in einem eher beiläufigen Ton. „Was hat dich denn geritten, hier so rumzubrüllen?"

Er sah sie an, als würde er sie erst jetzt wahrnehmen. „Was?", fragte er wieder.

„Hör mal. Wir sind verheiratet. Wir wohnen gemeinsam. Wir finanzieren die Wohnung gemeinsam. Was lässt dich glauben, dass du so einfach über meinen Kopf hinweg bestimmen kannst, dass wir umziehen. Das geht so einfach nicht!"

„Was?"

„Ich weiß, du bist es gewohnt zu bestimmen. Das mag ja in manchen Bereichen auch ganz okay sein. Aber ein neuerlicher Umzug kommt nicht in Frage. Das ist eine Tatsache, um die du nicht drum rumkommen wirst. Was hast du denn mit unserem Vermieter ausgemacht? Wir haben doch sowieso einen Mietvertrag für 36 Monate unterschrieben. Der ist bindend. Wenn du glaubst, ein Umzug wäre sinnvoll, können wir das ja im nächsten halben Jahr mal durchdiskutieren. Aber bis dahin – nein. Ich ziehe nirgendwo hin, ich bleibe hier."

Sie stand auf und ging wieder zurück in die Küche. Aus dem Wohnzimmer war kein Laut zu hören. Beinahe machte sie sich Sorgen. Erst um Klaus, dann um sich. Wozu wäre er fähig, wenn er sich noch mehr ärgerte? Würde er handgreiflich werden? Sollte sie besser die Wohnung verlassen? Aber genau das wollte sie ja verhindern. Ratlos sah sie sich um. Sie könnte jemanden einladen, damit sie nicht so alleine hier saß, aber wen?

In diesem Moment klingelte es an der Tür. Schnell ging sie hin und öffnete sie, ohne durch den Spion gesehen zu haben. Gleichzeitig hörte sie, wie sich die Wohnzimmertür öffnete und wusste Klaus schräg hinter sich. Vor ihr stand die Frau des Vermieters mit etwas ratloser Miene.

„Hallo Sabine", sagte sie und wollte eben zur Seite treten, um sie in die Wohnung zu bitten. Sie kannten einander schon mehrere Jahre, bevor sie in diese Wohnung gezogen waren. Sabine und sie besuchten den gleichen Pilates-Kurs, hatten unabhängig voneinander dann auch vor drei Jahren Kurstag, -ort und -trainer gewechselt und waren ob dieser Gleichzeitigkeit so überrascht und erstaunt, dass sie seither mindestens einmal im Monat nach dem Kurs noch gemeinsam auf ein Gläschen in ein nahe gelegenes Lokal gingen. Sie hatten sich angefreundet und pflegten diese Freundschaft, wenn auch nicht besonders intensiv. Erst nach dem Umzug hatte sich herausgestellt, dass Sabines Mann ihr neuer Vermieter war. Die Wohnung gehörte zwar dessen älterem Bruder, der jedoch schon seit zwei Jahrzehnten im Ausland lebte und Sigi diese Aufgabe gegen ein kleines Entgelt übertragen hatte. Dieses neuerliche Zusammentreffen war ihr erst etwas sonderbar vorgekommen, aber mit der Zeit bemerkte sie, dass das Sabine völlig egal war. Sie hatte mit der Vermietung und der Wohnung nichts zu tun, und das war ihr recht so. Sie war sehr eigenständig, lebte ihr Leben beinahe so, als gäbe es die Ehe mit Sigi gar nicht, bezeichnete sich selbst aber gerne als glücklich verheiratet, wenn die Sprache auf ihre Beziehung kam.

In dem Moment, in dem sie einen Schritt zurück und zur Seite treten wollte, stieß sie gegen Klaus, der hinter ihr stand.

„Da gibt es nichts zu diskutieren", sagte er und riss ihr gleichzeitig die Tür aus der Hand, die er vor Sabines Nase zuknallte.

„Was in aller Herrgotts Namen bildest du dir eigentlich ein", fuhr sie ihn an und wirbelte um ihre eigene Achse. Wutschnaubend gab sie Klaus einen Stoß gegen seine linke Schulter, die noch nach vorne in Richtung Tür gestreckt war.

„Wenn du mir noch einmal die Tür vor der Nase zuschlägst, kannst du was erleben. Sei dir da sicher. Wenn du dich aufführen willst wie ein Wildschwein, mach das gefälligst außerhalb dieser Wohnung, und jetzt geh mir aus den Augen, dass ich Sabine reinlassen und mich bei ihr für dein dämliches Verhalten entschuldigen kann." Sie kochte vor Wut. Klaus stand vor ihr und sah aus wie vom Blitz getroffen.

„Was?", seine Stimme kiekste ein wenig.

„Nicht ‚WAS' sondern ‚Entschuldige bitte, mir ist das Testosteron ins Hirn gestiegen'." Sie riss die Wohnungstür wieder auf. „Nicht ICH werde mich bei Sabine für DICH entschuldigen, das machst du gefälligst selbst."

Sabine stand nach wie vor an derselben Stelle, an der sie vor ein paar Sekunden auch gestanden hatte. Anscheinend hatte die unerwartete Abfuhr sie derart gelähmt, dass sie nicht in der Lage gewesen war, einen

Schritt nach hinten oder zur Seite zu machen. Auch sie schaute sie erst ratlos an, dann Klaus. Sie hatte den letzten Satz mitgehört und stand nun da wie die Oma vor einem bockigen Kind, das sein Gedicht, das es extra auswendig gelernt hat, nicht mehr aufsagen will.

Sie wollte gerne beschwichtigen, war sich aber nicht sicher, wen. Sie hob die Hand, ließ sie aber gleich wieder fallen. „Also", begann sie zögerlich. Dann fiel ihr nichts mehr ein und sie verstummte.

Klaus schüttelte den Kopf. Noch bevor er sich ganz fangen konnte, legte sie eins nach: „Was ist jetzt los mit deiner großen Klappe? Ich hab gesagt, du sollst dich entschuldigen. Oder willst du, dass Sabine glaubt, Sigi hätte die Wohnung an einen Neandertaler vermietet?"

Am liebsten hätte sie ihn geschüttelt, wie einen jungen Hund, der nicht gehorchte. Nachdem er noch immer keinen Mucks von sich gab und dastand, wie zur Salzsäule erstarrt, seufzte sie tief, verdrehte die Augen und wandte sich nun wieder mit ruhiger und sehr viel beherrschterer Stimme Sabine zu und bat sie herein.

„Und diesen Steinzeitmenschen lassen wir hier vor der offenen Wohnungstür stehen – vielleicht kommt ja jemand vorbei und holt ihn ab." Sprach's, drehte sich um und ging Sabine voraus in Richtung Wohnzimmer. Dort sammelte sie schnell ein paar Zeitungsteile zusammen und verstaute sie auf der Ablage, wischte mit einer Hand ein paar Krümel vom Tisch und schnappte sich die leere Kaffeetasse, die Klaus dort hingestellt hatte.

„Darf ich dir einen Kaffee anbieten?"

Sabine nickte – immer noch sprachlos. So hatte sie ihre Freundin noch nie erlebt. Während sie in der Küche die Kaffeemaschine bediente, hörte sie die Wohnungstür zufallen. Kurz hielt sie inne und atmete auf. Sie stellte die beiden Tassen mit Kaffee, eine Schale mit Zucker, ein Sahnekännchen und eine Schüssel mit selbstgebackenen Keksen auf ein Tablett und trug es ins Wohnzimmer. Sie setzte sich neben Sabine auf die Couch und sagte nur: „Bitte, bediene dich. Ich glaub, ich kann grad keine Tasse hochheben, ohne den guten Kaffee zu verschütten. Ich zittere noch immer."

Sabine sah sie zweifelnd an. „Kannst du mir mal sagen, was in dich gefahren ist? Von der kleinen Duckmäuserin zur Furie? Was hast du dir denn dabei gedacht, Klaus so anzufahren? Ich hab gedacht, ich hör nicht richtig?"

„Ich weiß es doch auch nicht, was mit mir los ist", sagte sie jetzt ganz verwundert. Sie steckte sich ein Keks in den Mund. Der Zucker tat ihr gut und half ihr, sich wieder etwas zu beruhigen. Selbst ihr eben noch wild pochendes Herz schien wieder langsamer zu schlagen. „Als er plötzlich dastand und mir mitteilte, dass wir umziehen, hat irgendetwas in meinem Kopf um- oder abgeschaltet. Ich weiß es nicht. Ich weiß vor allem nicht, was ich jetzt tun soll. Mir wird ganz bange, wenn ich daran denke, was passiert, wenn Klaus wieder heimkommt." Sie trank einen Schluck Kaffee, verzog aber das Gesicht und stellte die Tasse wieder zurück. „Ich glaub, ich brauch einen Baldriantee. Das würde mir besser tun."

Sabine betrachtete ihre Freundin.

„Aber das Widersprechen tut dir gut. Ich hab dich schon seit ewig nicht mehr so lebendig und munter erlebt wie gerade eben. Vielleicht hättest du nur mit etwas weniger Wichtigem anfangen sollen?"

Sie grinste. „Wenn ich das Sigi erzähle, verleiht er dir den Tapferkeitsorden. Er fand immer, dass Klaus sich völlig zu

Unrecht aufspielt."

Sie sah Sabine fragend an. „Habe ich mich eigentlich jahrelang zum Gespött der Leute gemacht, weil ich alles mit mir machen ließ? Aber oft war es mir ja auch egal, dass immer nur er bestimmt hat. So musste ich mir gar nicht so oft den Kopf zerbrechen, musste nicht abwägen, mich nicht entscheiden." Sie zuckte mit den Schultern. „Ich hab es mir oft einfach sehr bequem gemacht. Aber im Laufe der Jahre hat es mich eben immer mehr gestört, dass er mich gar nicht mehr nach meiner Meinung gefragt hat. Warum, weiß ich nicht, denn das hat er doch noch nie getan."

Sie stand auf und holte sich ein Glas Wasser. Sabine blieb sitzen und sah sich um.

„Ich wäre wirklich froh, wenn du weiterhin hier wohnen würdest. Es ist so nah bei mir ums Eck, wir können uns regelmäßig sehen, und die Wohnung ist in guten Händen. Warum lässt du denn Klaus nicht einfach ausziehen und bleibst alleine hier?"

„Aber dann müsste ich mich von ihm trennen!" Sie erschrak bei dem Gedanken. Er war ihr bisher noch nicht gekommen. „Wir können uns doch außerdem nicht zwei Wohnungen leisten. Also weg muss ich hier sowieso. Und wo ich alleine hin sollte, wüsste ich auch nicht. Außerdem steht das jetzt ja auch gar nicht zur Debatte. Wir haben nur gerade Streit, was den Umzug betrifft."

Stille. Wenn sie ehrlich war, glaubte sie sich selbst nicht. Was ihr gerade klar wurde, war, dass die Ehe mit Klaus wohl am Ende war und ihre plötzliche Gegenwehr nur das äußere Zeichen dafür. Sie schloss die Augen und atmete tief durch.

„Mensch Sabine, wo soll ich denn hin?"

„Also zuallererst kommst du jetzt mal mit zu uns. Ich lass dich doch nicht hier alleine sitzen, wenn der Kerl wutschnaubend zurückkommt. Und dann überlegen wir uns was, wie du vielleicht doch in der Wohnung bleiben kannst. Gib mir ein bisschen Zeit, dann fällt mir schon was ein."

Sie stand auf und zog ihre Freundin vom Sofa.

„Du packst jetzt erst mal einen Rucksack mit den wichtigsten Dingen für ein bis zwei Nächte und dann hauen wir hier ab. Den Rest überlegen wir bei uns zuhause."

Sie ließ sich widerwillig hochziehen, ging dann aber los, um zu packen. Sie stellte das Tablett in die Küche, schloss das gekippte Gangfenster und löschte das Licht. Mit dem Schlüssel in der Hand sah sie sich noch mal um und folgte dann Sabine aus ihrer Wohnung.

Auf der Straße blieb sie noch mal stehen und sagte: „Ich kann das nicht. Ich kann doch nicht einfach so weggehen. Wenn er das machen würde, wäre ich zu Tode verletzt."

Sabine hängte sich bei ihr ein.

„Wenn du dich so aufgeführt hättest wie Klaus, wäre es nie zu einer Hochzeit gekommen. Und jetzt los. Lass uns hier abhauen."

Als Klaus zurückkam, war die Wohnung leer. Etwas ratlos stand er da, blickte sich um und überlegte, was er nun tun sollte. Er wusste nicht, wie ihm geschah. Da kümmerte er sich um alles, sorgte dafür, dass es ihr gutging und dann fing dieses Miststück plötzlich an, ihm so in den Rücken zu fallen. Er verstand die Welt nicht mehr. Was war nur in sie gefahren? Glaubte sie etwa, er mache das alles nur zum Spaß? Er hatte sie schließlich geheiratet und war nun für sie verantwortlich. Wenn er nicht wäre, würde sie wohl immer noch bei ihren Eltern wohnen. Obwohl sie damals, als sie sich kennengelernt hatten, in einer Studentenbude mit zwei Freundinnen gelebt hatte. Aber das wäre ja auch kein Dauerzustand gewesen. Jedenfalls organisierte er seit dem Tag ihres Kennenlernens alles für sie und jetzt das? Wo war sie überhaupt? Einkaufen war sie doch wohl schon gewesen und dafür war es jetzt außerdem zu spät. Schön langsam bekam er Hunger – aber es schien nichts vorbereitet zu sein. So ein Mist. Er verstand wirklich nicht, was da vor sich ging.

Vielleicht hatte sie das Essen aber auch ins Backrohr gestellt, damit er es nur mehr aufzuwärmen brauchte. Aber warum war sie weg? Und diese Sabine, was wollte die hier eigentlich? Wahrscheinlich war sie von Sigi vorgeschickt worden, um sie weichzuklopfen, damit er die Kündigung rückgängig machte. Er hatte natürlich gelesen, dass er eine dreijährige Laufzeit bei seinem Mietvertrag hatte, aber so etwas war ja schließlich nicht bindend. So was stand doch in allen Verträgen und kein Mensch kümmerte sich darum. Er jedenfalls nicht. Von so einer Klausel würde er sich doch nicht den Umzug in eine größere und günstigere Wohnung vermiesen lassen. Das würde er diesem Sigi schon klarmachen. So wie das unter Männern immer funktionierte. Man geht ein Bier zusammen trinken, macht ein paar Witze über die anwesenden Frauen, ein paar über die eigenen und dann gibt es eine mündliche Übereinkunft, die mit Handschlag und noch einem Schnaps besiegelt wird. Er stand nun in der Küche. Wo hatte sie nur das Essen hingestellt? Das gab's doch gar nicht. Nichts am Herd, nichts in der Mikrowelle, kein Zettel am Kühlschrank. Hatte sie nun völlig den Verstand verloren und vergessen zu kochen, bevor sie... Ja, bevor sie was? Er wusste ja nicht mal, wohin sie gegangen war. Hausfrauenturnen war Dienstag. Heute war aber Donnerstag. Da hatte sie nichts vor. Ob sie vielleicht Sabine bei etwas helfen musste? Dieser Gedanke ließ ihn kurz und höhnisch auflachen: Sabine und sie bei dem Versuch, etwas zu reparieren. Vier linke Hände und ein fehlender Verstand.

Sein Magen knurrte. Er war sauer. Das Telefon. Sie hatte ja ihr eigenes Telefon. Wozu auch immer, denn wer sollte sie anrufen? Er rief sie in der Wohnung an, dann wusste er auch gleich, wo sie war, aber sonst? Zu ihrer Familie gab es kaum Kontakt, glaubte er zumindest. Ob etwas vorgefallen war? Nein, sicher nicht. Sonst hätte sie sicher darauf gewartet, dass er zurückkommt und ihn um Hilfe gebeten. Sie war nun mal nicht die Hellste und brauchte ihn.

Aber das Essen? Wo verdammt noch mal war das Essen? Jetzt öffnete er sogar den Kühlschrank und sah hinein. Da lagen aber nur Bestandteile herum. Nichts, mit dem er sofort etwas anfangen hätte können. Vor allem keine fertig zubereitete Mahlzeit, wie er es gerne hatte.

Jetzt reichte es ihm. Er ging zum Telefon im Gang und wählte die Nummer ihres Mobiltelefons. Eine eiernde Frauenstimme teilte ihm mit, dass sein Anruf nicht entgegengenommen werden könne und er es später noch mal versuchen solle.

So ein Mist! Er knallte den Hörer wieder auf die Gabel und schnaubte. Noch einmal lief er in die Küche, sah in jedes Eck, in die Kästen und dann ins Wohnzimmer. Kein Essen auf dem Esstisch, wo es verflucht noch mal hätte stehen sollen. Keine Nachricht. Die Zeitschrift, in der er gelesen hatte, als Sabine an der Tür geklingelt hatte, lag noch da.

Sonst nichts. Er fuhr sich mit der Hand über den Kopf. Immer wieder. Nach hinten und wieder nach vorne. Zurück und vor. Er ging ins Schlafzimmer – aber da war sie auch nicht. Der Kleiderschrank stand ein wenig offen. Er schloss die Tür.

Er wusste nun auch nicht mehr weiter. Er ging wieder hinaus in den Gang, nahm seine Jacke und ging ins Wirtshaus am Eck.

In der Zwischenzeit saß sie bei Sabine und Sigi in der Wohnung und machte sich Vorwürfe, dass sie ihm nicht mal eine Nachricht hinterlassen hatte, wohin sie gegangen war.

„Er macht sich doch bestimmt Sorgen, wenn ich einfach so weg bin. Er weiß ja nicht, dass es mir gut geht und ich bei euch im Warmen sitze."

„Lass gut sein", sagte Sabine. „Wer sich so aufführt, darf ruhig mal ein wenig hingehalten werden."

Aber sie war unruhig, fühlte sich unrund 50und wurde von Minute zu Minute unsicherer.

„Ich weiß ja auch nicht, was da in mich gefahren ist. So schlimm ist er ja auch wieder nicht. Manchmal schießt er eben ein wenig übers Ziel hinaus, aber er meint es doch auch nur gut."

„Gut gemeint ist nicht gut gemacht!", kam es knapp von Sigi aus dessen Ecke.

Sabine grinste. „Jetzt fang bloß nicht an, ihn in Schutz zu nehmen und alles zu relativieren. Sonst bist spätestens in einer halben Stunde du die Böse, die mutwillig ihren Mann verlässt, bekommst ein schlechtes Gewissen und rennst zu ihm zurück!"

Sie sah auf. „Naja, zurückgehen werde ich ja sowieso

müssen. Ich kann ja nicht bis zum Sankt-Nimmerleins-Tag hier bei euch sitzen bleiben und warten, dass er verschwindet. Ich weiß nur nicht..."

„Was weißt du nicht?", hakte Sabine nach.

„Ich weiß nicht, wie das jetzt weitergeht. Seine Kündigung ist ja sowieso hinfällig. Das heißt, wir werden auch weiterhin da wohnen bleiben. Aber wenn er sich weiterhin so aufführt, weiß ich nicht, wie ich das aushalten soll."

„Was wäre denn die Alternative?", fragte Sabine

„Dass wir uns trennen. Oder zumindest mal auf Zeit. Nein, das wäre doch zu krass. Obwohl..." Sie verstummte wieder.

„Wenn er nicht in der Wohnung bleiben will, soll er doch gehen. Das Problem ist nur, ich kann sie mir alleine nicht leisten. Sorry, wenn ich das so direkt sage, aber ich wäre spätestens in einem halben Jahr komplett überschuldet."

„Und was wäre, wenn du jemanden anderen suchst, der mit dir die Wohnung teilt", fragte Sigi jetzt beiläufig. „Sie ist doch super aufgeteilt. Zwei fast gleichgroße helle Zimmer mit Balkon, eine Wohnküche, Bad, WC. Wer sagt denn, dass eines ein Wohn- und eines ein Schlafzimmer sein muss? Du hast doch schon WG-Erfahrung, und es gibt sicher genügend Leute, die froh wären, sich eine Wohnung teilen zu können. Ich hätte da sicher keinen Einwand. Außer die zweite Person heißt Klaus!"

Sie starrte ihn an. Das war ungewöhnlich. Klar, Sigi saß öfter bei ihnen im gleichen Raum, hatte sich aber bisher nie in ihr Gespräch eingemischt. Und schon gar nicht so deutlich! Er hatte sich immer sehr zurückgehalten, nie auch nur eine Andeutung fallen lassen, was ihre Ehe mit Klaus betraf, und hatte dadurch immer den Status eines Möbelstücks bei ihr gehabt. Dass er so viel, so viel Konkretes sagte, war ungewöhnlich.

Sie wunderte sich noch über ihn, als Sabine weiterredete. „Weißt du, es ist nämlich so, dass wir sogar schon die eine oder andere Anfrage hatten, ob wir nicht eine Wohnung zu vermieten hätten. Also, ich meine, von jemandem, den wir kennen." Sie brach ab und blickte zu Sigi. Der saß allerdings wieder in seinem Möbelstatus in seiner Ecke und schien völlig vertieft in die Tageszeitung zu sein. So wie er da saß, glaubte sie einen Moment, sie hätte sich nur eingebildet, ihn eben gehört zu haben.

Nachdem er auch durch die etwas unangenehme Pause nicht dazu zu bringen war, seine übliche, völlig desinteressierte Haltung noch einmal aufzugeben, setzte Sabine nun fort. „Es ist ein Arbeitskollege von mir. Er ist wirklich ein ganz besonderer Mensch. Er ist zwar etwas naiv, und das war es wohl auch, was ihn in seine blöde Lage gebracht hat. Die ganze Geschichte wäre jetzt zu lange, außerdem soll er sie erzählen, wenn er will. Ich möchte hier nicht so indiskret sein."

Diese Aussage entlockte Sigi zumindest ein deutliches Ausatmen. Ob das ein zurückgehaltenes Lachen war, konnte sie nicht mit Sicherheit sagen, aber es klang danach.

„Jedenfalls muss er mit Ende des Monats aus seiner Wohnung raus, die er ursprünglich alleine gemietet hatte. Dann zog seine – naja, nennen wir sie mal Freundin bei ihm ein und nach nur 2 Monaten sind sie wieder getrennt. Jetzt bleibt sie und er sucht nach einer günstigen Wohnung. Das war wohl der Grund, warum sie mit ihm zusammenkam. Sie war scharf auf die Wohnung, wollte sie schon haben, bevor Jakob sie bekam, blitzte aber beim Vermieter ab. Irgendwie hat sie ihn jetzt dazu gebracht, ihr die Wohnung zu überlassen – sie ist wirklich außergewöhnlich preiswert –, und er sucht nach einer neuen Bleibe im gleichen Preissegment. Das wäre dann so ungefähr die halbe Miete eurer Wohnung."

Sie sah Sabine entgeistert an.

„Du willst mir einen fremden Mann in die Wohnung setzen? Sag mal, spinnst du?"

„Lerne ihn doch erst einmal kennen. Dann wirst du schon sehen, dass er wirklich ein äußerst angenehmer Mensch ist. Bei ihm musst du sicher nicht laut werden, damit er seinen Teil der Hausarbeit erledigt. So was ist für ihn ganz selbstverständlich. Ich glaube, er ist einfach so erzogen worden."

Nachdem sie in das skeptische Gesicht ihrer Freundin sah, fügte sie noch hinzu: „Das alles musst du natürlich nicht jetzt gleich entscheiden. Ich wollte es dir nur als Option anbieten, damit du weißt, dass es kein Problem wäre, wenn du in der Wohnung bleibst und noch einen Mitbewohner dazunimmst. Oder eine Mitbewohnerin."

Sie schluckte. Eigentlich wurde ihr jetzt erst klar, wie schlecht es um ihre Beziehung mit Klaus stand. Wie hatte sie nur so lange wegschauen können? All diese Übergriffe ignorieren? Und seine ständige Überwachung ertragen? Sie fühlte sich einfach nur mehr müde.

„Seid mir bitte nicht böse, wenn ich nicht gleich in Begeisterungsschreie ausbreche. Ich finde es unglaublich lieb von euch, dass ihr euch so viele Gedanken macht. Aber ich kann mich jetzt einfach nicht dazu äußern. Mir ist gerade alles zu viel, und ich würde mich gerne hinlegen und eine Nacht darüber schlafen."

Sie blickte die beiden an und versuchte zu lächeln.

„Morgen bin ich dann vielleicht wieder aufnahmefähiger, okay?"

Der nächste Morgen brachte zuallererst eines: Hektik. Sie war am Vortag ja nur mit einer Notausrüstung losgefahren und vermisste schon jetzt viele gewohnte Dinge. Gut geschlafen hatte sie auch nicht, obwohl das Gästezimmer bei Sabine und Sigi äußerst komfortabel war. Sigi war schon fertig und saß mit einer Zeitung und seinem Kaffee an der gleichen Stelle wie auch am Abend davor. Sie hätte nicht darauf wetten wollen, dass er in der Zwischenzeit im Bett gewesen war. Sabine stand auf, wuselte in der Wohnung herum, trat jedem auf die Zehen, rannte von hier nach da, tat dabei aber nichts, als Unruhe zu erzeugen. Sie schnaufte.

„Ich will dich nicht blockieren", sagte sie dann. „Sag mir einfach, wenn du fertig bist, dann geh ich anschließend ins Bad."

„Du kannst ruhig jetzt schon rein", sagte Sabine. „Was willst du denn frühstücken? Ich glaube, ich mache mir ein Müsli und hole noch schnell ein paar Brötchen vom Bäcker. Oder soll ich Pancakes machen?"

„Für mich nicht, danke! Aber willst du nicht erst ins Badezimmer? Wann musst du denn los?"

„Ach so, ja. Eigentlich sollte ich in einer Stunde in der Arbeit sein, aber so genau ist das auch wieder nicht!"

„Also bei mir schon", sagte sie jetzt, „ich frühstücke auch nicht wirklich viel. Einen Kaffee, wenn du hast, und zu essen hol ich mir dann lieber auf dem Weg ins Büro etwas." Sie warf einen Blick auf ihre Uhr. „Ich muss nämlich schon pünktlich sein, wir haben um acht Uhr Gruppenmeeting." Wieder ein Blick auf die Uhr und zur Badezimmertür. „Wenn es dich wirklich nicht stört – ich bin in gut zehn Minuten fertig."

„Nein, nein, gar nicht. Ich mache in der

Zwischenzeit..." Sabine stockte. „Ich mache mal Kaffee und gehe zum Bäcker."

Jetzt knurrte Sigi aus seiner Ecke. „Um Himmels willen, mach dir einen Kaffee, setz dich damit hin, und wenn du wach bist, red weiter."

Sabine hielt inne, blickte zu ihm und lächelte verunsichert. Sigi hatte nicht einmal den Kopf aus der Zeitung gehoben, während er diese Worte gebellt hatte.

„Du hast recht, ich bin noch nicht so ganz wach. Vielleicht sollte ich..."

„Ja, trink erst mal einen Kaffee, bis dahin bin ich im Bad fertig, und du kannst dir da drinnen Zeit lassen." Sie verschwand mit ihrem Rucksack im Badezimmer und schloss schnell die Tür hinter sich. Puh, das war ja anstrengend. Sie kannte Sabine ja nur nachmittags und abends. Da war sie das genaue Gegenteil von diesem sinnlos herumflatternden Wesen, das sie jetzt gerade war. Der Morgen schien nicht gerade ihre Stärke zu sein.

Sie beeilte sich. Kurze Dusche, eincremen, Deo, Haare in Form schütteln und mit ein wenig Frisiercreme betupfen, frische Wäsche aus dem Rucksack holen, anziehen, Wimperntusche, Puder, Lipgloss, fertig. Zwölf Minuten, nachdem sie im Bad verschwunden war, stand sie wieder im Gästezimmer und überlegte, ob sie ihre Sachen hierlassen oder im Rucksack mit zur Arbeit nehmen sollte. Wenn sie sie mitnahm, hatte sie die Möglichkeit, am Nachmittag nach Hause zu gehen – und entweder zu bleiben oder noch ein paar Sachen einzupacken. Wenn sie sie hierlassen würde, müsste sie zuerst mal nach der Arbeit hierher kommen und dann entscheiden, was sie tun sollte.

Sie beschloss, erst mal einen Kaffee zu trinken und dann

zu entscheiden. Sie ging in die Küche, die Sabine gerade in Richtung Schlafzimmer verließ.

„Ich habe dir schon einen Kaffee runtergelassen. Milch ist im Kühlschrank, Zucker hab ich leider nicht."

Ja, das klang schon mehr nach der Sabine, die sie kannte. Sie nahm den Kaffee, pustete ein paar Mal hinein und nahm den ersten Schluck.

Aaahhhhh – einer der besten Momente des Tages. Die ersten Schlucke Kaffee.

Später, in der Arbeit, dachte sie wieder und wieder ihre Möglichkeiten durch. Ihrer Kollegin fiel schon auf, dass sie völlig unkonzentriert war und fragte sie nach dem Grund. Sie gab zwar zu, dass sie einen kleinen Streit mit Klaus gehabt hatte, wiegelte aber ab, als die Kollegin weiterfragen wollte.

Was sie so zögern ließ, war die Tatsache, dass der Auslöser für diese Krise ja nicht wirklich bedeutend schien. Er wollte umziehen, sie nicht. Das war doch kein Grund für eine Trennung! Die Gründe, die tiefer lagen, waren viel wichtiger und bedeutsamer. Sie wusste, dass er ein Nein von ihr einfach nicht akzeptieren würde. Das war so gewesen, seit sie sich kennengelernt hatten. Auch in ihrer Ehe hatte sie gelegentlich versucht, sich durchzusetzen. Bei kleinen, scheinbar unwichtigen Entscheidungen, wie der Wahl des Lokals, in das sie gehen wollten, des Kinofilms, des Urlaubsortes. Beim Fernsehprogramm und dem Modell des Autos, das er als Nächstes kaufen würde, hatte sie gar nicht erst mitgeredet, zu unwichtig erschienen ihr diese Themen. Aber wenn sie ehrlich war, hatte sie es noch nie geschafft, sich gegen ihn durchzusetzen. Im Nachhinein erschien es ihr beinahe, als ob sie gar nicht als eigenständige Person existieren würde.

Sie war doch nichts als ein Anhängsel für ihn. Er lebte sein Leben, wich keinen Millimeter von seinem Gewohnten ab und ließ sie „mitlaufen".

Schon wieder stieg die Wut in ihr auf. Wieso hatte sie sich nie gewehrt? Doch, das hatte sie. Zu Beginn ihrer Ehe gab es lange, laute Streitereien, die sie zum Heulen brachten, weil sie spürte, wie sinnlos es war, mit Klaus zu streiten. Er gab ihr immer das Gefühl, mit einer Mauer darüber zu diskutieren, dass sie zur Seite treten solle. Genau die gleichen Chancen hatte sie bei ihm! Wieso nur hatte sie immer wieder nachgegeben? Nicht einfach auch ihr Ding gemacht und abgewartet, was passieren würde?

Plötzlich setzte sie sich ganz gerade hin, straffte ihre Schultern und schob das Kinn leicht nach vorne. Das würde sie jetzt nämlich nachholen. Heute Abend würde sie nach Hause gehen und ihm mitteilen, dass sie in dieser Wohnung bleiben würde. Wenn er mit ihr zusammenleben wollte, muss er diese Entscheidung akzeptieren, wenn nicht, dann soll er eben gehen. „Weil", sagte sie jetzt leise zu sich selbst, „dass du mich einfach rumschubst wie einen alten Koffer, das ist vorbei. Das geht so nicht."

Das geht so nicht VI

„Das geht so nicht", sagte sie, mehr verwundert als ärgerlich. Was war denn los? Sie hatte die Bedienungsanleitung doch ganz genau durchgelesen: die beiden Schrauben gelockert, den Akku in die Schiene eingeklinkt, nach hinten geschoben, bis er mit einem leichten Klicken festsaß und die Schrauben wieder angezogen. Jetzt drückte sie mit zwei Fingern die fluffigen Luftfilterbahnen in Form und versuchte, die Abdeckung wieder über das Gerät zu stülpen. Aber es passte nicht. Ratlos sah sie auf die vielen Abbildungen, die in dem kleinen Faltheft zu sehen waren, das neben ihr auf dem Boden lag.

Sie hatte sich angewöhnt, alle Reparatur- oder Instandsetzungsarbeiten, die sie selbst durchführte, auf dem Boden zu machen, weil sich Schrauben, Muttern oder Beilagscheiben so nicht – durch die Schwerkraft unterstützt – aus dem Staub machen konnten. Wobei – momentan würden sie sich eher IN den Staub machen. Ihre Wohnung hatte dringend eine Grundreinigung nötig, was auch der Grund war, warum sie in selbiger auf dem Boden saß und den Superduper-Staubsauger zusammenzuschrauben versuchte.

Was hatte sie da nur wieder gekauft!? Ärgerlich blickte sie noch mal auf die Abbildung in der Bedienungsanleitung, die garantiert von Koreanisch ins Russische, dann weiter ins Kantonesische, Arabische, Französische, Neugriechische und irgendwann mal ins Deutsche übersetzt worden war. Sie verstand genau gar nichts von dem, was da drinnen stand. Dabei hatte doch alles so toll geklungen! Der Verkaufsstand vor dem Einkaufszentrum schien sie immer und immer wieder magisch anzuziehen. Dieses Mal war es eben der Akkustaubsauger gewesen, der sie, von lästigen Kabeln und der Abhängigkeit von erreichbaren Steckdosen befreit, zu neuen Bestzeiten beim Saubermachen treiben würde! Der hübsche, nicht mehr ganz junge Mann, der sie mit sicherem Blick als potenzielle Käuferin erkannt hatte, legte sich ins Zeug, als er sie näherkommen sah, und stimmte seine ganze Produktpräsentation quasi auf sie ab. Sie war gefangen von seinen Ausführungen, streifte mit der Hand über den klinisch rein gesaugten Teppich, der vor ihr lag und auf dem sich Sekunden zuvor noch Berge von Zigarettenasche, losem Tee und Mehl befunden hatten. Dann hob sie die unterschiedlichen Modelle einzeln an, um danach zugeben zu müssen, dass sie mit der Deluxe-Variante, die als einzige deutlich weniger wog als die billigeren Ausführungen, natürlich am längsten und am meisten Freude haben würde.

Dass dieses Wunderteil nicht betriebsfertig zusammengebaut für sie zum Mitnehmen bereitstand, schreckte sie nicht ab. Im Gegenteil: Auf ihrem Fahrrad konnte sie das handliche Paket doch viel besser nach Hause transportieren. Die übrigen Einkäufe würde sie einfach morgen erledigen, jetzt hieß es schnell kaufen, ab nach Hause und sofort lossaugen!

Es war ja nicht so, dass sie keinen anderen Staubsauger besessen hätte, aber bei dem handelte es sich ebenso wie bei ihrer Neuerwerbung um ein Spezialmodell, das es nicht einfach in jedem Elektromarkt zu kaufen gab, sondern um eines, das sie morgens zwischen 1 und 3 Uhr beim Teleshopping erworben hatte. Er war noch voll funktionstüchtig, aber die Staubsaugerbeutel, die sie für ihn benötigte, konnte sie leider auch nur bei der gleichen Firma bestellen, die den − äußerst günstigen − Sauger hergestellt hatten. Alle Versuche, mit handelsüblichen Beuteln zu arbeiten, endeten in einer Staubexplosion, die sie an der Gerechtigkeit der Welt zweifeln ließen. Fünf Beutel bei dieser Firma kosteten nämlich nur drei Euro weniger als das Gerät! Irgendwie erinnerte sie diese Praktik an die Tintenstrahldrucker, die beinahe schon als Give-away gehandelt wurden und bei denen die Firmen auch rein über den Verkauf von Tintenpatronen etwas verdienten. Jedenfalls war der letzte Staubsauger in ihrem mittlerweile zur Rumpelkammer verkommenen Dachboden gelandet, wo auch alle anderen Fehlkäufe, die sie über die Jahre getätigt hatte, zu finden waren.

An manchen regnerischen Tagen stieg sie hinauf, ging durch die zu hohen Türmen aufgeschichteten Produkte und fühlte sich wie auf einer Zeitreise durch Tele-Shopping, Messebesuche und eben diese wunderbaren Verkaufsstände, die in Fußgängerzonen, vor Supermärkten, Einkaufszentren und so weiter aufgestellt wurden.

Was hatte sie nicht schon alles gekauft. Sie lächelte. Schon alleine die Fitnessgeräte, die sie erstanden hatte, würden für die Grundausstattung eines Fitnessstudios reichen. Die Küchengeräte, Töpfe, Pfannen, Hobel und Dosen für die einer Großküche.

Jedes Teil für sich war ja gar nicht so schlecht. Es war nur einfach so, dass sie diese Dinge einfach nicht brauchte. Also packte sie sie zu Hause aus, bewunderte sie, drehte sie ein paar Mal hin und her, und wenn sie ihr im Weg waren, stellte sie sie in den Dachboden. So bewahrte sie ihre Wohnung davor, wie die Höhle einer am Messie-Syndrom Leidenden auszusehen, und konnte doch immer wieder ihrer Kaufwut nachgeben. Was sie allerdings machen sollte, wenn ihr Dachboden eines Tages voll wäre, wusste sie noch nicht.

Aber da gab es sicher irgendwo günstige Lagermöglichkeiten zu kaufen oder zu mieten. Hatte sie da nicht letzthin erst etwas in der Werbung gesehen?

Sie seufzte. Noch einmal wandte sie sich der kryptischen Bedienungsanleitung zu und versuchte, in einer der anderen angegebenen Sprachen etwas zu verstehen. Vielleicht war die englische, die französische oder sogar die spanische Übersetzung besser gelungen. Sie überflog die ersten paar Zeilen. Nein. Da hätte sie genauso gut versuchen können, Klingonisch zu verstehen. Missmutig schaute sie auf den anscheinend so leicht zu bedienenden Akkusauger. So ein Mist! Das war ihr nun wirklich noch nie passiert. Oder doch? Sie überlegte. Nachdem sie die Teile, die sie kaufte, ja nie benutzte, war sie sich da nicht so sicher. Aber manche Dinge hatte sie schon ein- oder zweimal ausprobiert, um zu sehen, ob sie wirklich so toll funktionierten, wie in der Werbung versprochen wurde. Das war aber nie der Fall gewesen. Immer wieder stellte sie fest, dass die Super-Anti-Haft-Pfanne genauso wenig hielt, was sie versprach, wie die föhnende Lockenbürste. Und die ganzen tollen In-zehn-Minuten-Bauch-weg-Fitnessgeräte waren wacklige und billig aussehende Plastikgebilde, auf die sie sich nie im Leben gelegt hätte. Aber heute ärgerte sie sich. Den Staubsauger hätte sie nämlich gebraucht! Was hatte sie sich nur dabei gedacht, ihn bei diesem Marktschreier zu kaufen? Warum war sie nicht in die Elektroabteilung des Supermarktes gegangen, hatte sich einen 08/15-Sauger genommen, dann hätte sie jetzt das Saubermachen der Wohnung schon hinter sich.

Sie brauchte eine Pause. Mühsam und ächzend stand sie auf, ging zu ihrem Kühlschrank und holte sich eine Packung Apfelsaft und eine Flasche Mineralwasser heraus. Sie schenkte sich ein großes Glas ein. Halb-halb. So mochte sie es am liebsten. Missmutig schaute sie dabei ihren Boden an. Sie würde wohl doch den Besen aus dem Putzkasten holen und die Teppiche draußen ausschütteln. Sich dann nächste Woche einen neuen Staubsauger kaufen und basta.

Aber einmal wollte sie noch versuchen, diesen hier zum Saugen zu bringen.

Sie trank aus, setzte sich wieder auf den Boden, löste die beiden Schrauben und nahm alle Teile wieder auseinander. Sie legte sie vor sich auf den Boden und ordnete sie so an, wie sie in der Bedienungsanleitung angeführt waren. Dabei streifte ihr Blick ihre Armbanduhr, die sie ebenfalls auf dem Boden abgelegt hatte, als sie den Zusammenbau in Angriff nahm. Seit sie begonnen hatte, waren schon eineinhalb Stunden vergangen. Sie stutzte. Was das immer Zeit in Anspruch nahm! Was könnte sie nicht alles sonst machen, wenn sie nicht immer so viel Schrott kaufen würde!

Obwohl... wenn sie mal ganz ehrlich war, waren all diese Einkäufe ja nur Beschäftigungstherapie für sie. Das lange Rumsitzen vor dem Fernseher, währenddessen sie sich schon Listen schrieb, was sie alles kaufen könnte; die Entscheidung, was es an dem Tag oder in der Woche werden würde; dann das Telefonat mit der Bestellhotline. Da fühlte sie sich immer so froh, so gut. Zu diesem

---

Zeitpunkt war sie jedes Mal überzeugt davon, sich dieses Mal einen wirklich tollen und brauchbaren Artikel gekauft zu haben. Sie genoss das Gespräch mit dem Mitarbeiter der Verkaufshotline. Das war an manchen Tagen ja auch ihr einziger Gesprächspartner, abgesehen von den Arbeitskollegen. Und die sprachen alle nicht so viel, weil sie, wie sie selbst, ständig unter Druck standen. Also tat sie sich durch das Einkaufen gleich doppelt etwas Gutes. Ein schönes Haushaltsgerät und ein nettes Gespräch. Manchmal versuchte sie, die Person am anderen Ende der Leitung noch ein wenig länger in ein Gespräch zu verwickeln, aber das funktionierte nur ganz selten.

Dann kam die kurze Zeit der Vorfreude, in der sie auf die Benachrichtigung durch den Briefträger wartete. Sie hatte schon wiederholt angeboten bekommen, ihre Pakete an eine andere Stelle geliefert zu bekommen, um sie nicht immer bei der Post abholen zu müssen, aber den Teufel würde sie tun. Wenn sie einfach so vor ihrer Haustür lägen, brächte sie sich ja um das zweite nette Gespräch, das sie jedes Mal mit der Dame im Postamt führte. Die kannte sie schon mit Namen. Den Abholschein musste sie dort gar nicht mehr vorzeigen. Kaum betrat sie das kleine Postamt, ging sie schon los und holte das Paket für sie aus dem Hinterzimmer. Dann plauschten sie noch eine Weile, außer wenn noch andere Kunden hinter ihr warteten. Daher versuchte sie immer, ans Ende der Schlange zu kommen, und wenn sich noch jemand hinter ihr anstellte, scherte sie noch einmal aus und betrachtete scheinbar konzentriert das Angebot an Briefkuverts, Post-it-Blöcken oder Tixo-Rollen. Sie liebte diese kurzen Gespräche mit der Postangestellten einfach zu sehr. Wenn sie dann zuhause war, das Gekaufte ausgepackt und begutachtet hatte, überlegte sie sich meist noch eine einfache Frage, die ihr nicht allzu konstruiert erschien, und rief bei der Nummer des Kundendienstes an. Diese Gespräche waren dann allerdings oft sehr ernüchternd, weil ihr die dortigen Angestellten oft die einfachsten Fragen nicht beantworten konnten oder weil sie es so schnell taten, dass sie kaum etwas von dem Gespräch hatte.

Naja. Aber so brachte ihr jedes gekaufte Teil doch immerhin so viel Freude, dass sie einfach nicht aufhören konnte, einzukaufen.

Dass ihr Konto chronisch überzogen war, nahm sie in Kauf. Sie hatte erst vorgestern wieder einen Kontoauszug geholt und war sich sicher, dass ihre Bankbetreuerin sie noch diesen Monat wieder anrufen würde. Sie freute sich schon auf das Gespräch!

Der Traummann

Da stand er nun vor ihr... Ein Traummann in echt. Sie schluckte. Sie musste sich anstrengen, ihn nicht mit offenem Mund anzustarren. Sie spürte, wie sie weiche Knie bekam.

„Reiß dich zusammen", fuhr sie sich innerlich an. „Wenn du schon aussiehst wie eine Heuschrecke, beeindrucke ihn wenigstens mit deinem Intellekt." Sie hätte sich in den Hintern beißen können, dass sie sich an diesem Tag nicht „richtig" angezogen hatte. Meistens tat sie das ja, aber gerade an diesem Mittwoch war ihr einfach nicht danach gewesen. Sie wollte ja doch nicht aus dem Haus, und mit der gemütlichen Jogginghose und der alten Fleecejacke ließ es sich so wunderbar auf der Couch herumlümmeln. Mist, Mist, Mist!

Sie war nun schon seit über zwei Monaten arbeitslos, aber das war erst das dritte Mal, dass sie sich morgens nicht vollständig anzog und geschminkt hatte. So, dass sie jederzeit das Haus verlassen könnte. Sie verfluchte das Leben im Allgemeinen und ihr persönliches Schicksal im Speziellen. Was sollte das, verdammt noch mal? Wie oft im Leben passiert es, dass DER Eine, der Richtige, der perfekte Mann bei dir an der Tür klingelt und etwas von dir will? Vermutlich nur ein einziges Mal. Und das war jetzt. Das Zitat von Coco Chanel fiel ihr ein, dass sie nie ungeschminkt das Haus verlasse, weil sich der Traummann ja schließlich auch im Supermarkt zeigen könnte.

Na toll, und bei ihr stand er hier und sprach mit ihr. Ähem. Was hatte er da eben gesagt? Sie war gerade etwas in

Gedanken gewesen.

„Darf ich reinkommen?"

Ohhhhhh, was für eine tolle Stimme! Natürlich durfte er reinkommen, er durfte sich setzen und bleiben und...

„Ruhe jetzt, ihr blöden und kindischen Gedanken", schalt sie sich und sagte laut: „Ja, gerne."

Sie trat einen Schritt zur Seite und ließ ihn ins Haus. Mit ihrer linken Hand wies sie ihm die Richtung in ihr Wohnzimmer und ließ ihn vorgehen. Auf der Höhe der Küche fragte sie ihn, ob sie ihm etwas anbieten dürfe. Ein Glas Wasser vielleicht?

Er drehte den Kopf zu ihr und sagte: „Gerne."

Was für eine angenehme Stimme er hatte. Und er schwafelte nicht. Sie mochte keine schwafelnden Männer. Lieber kurz und knackig als...

„Hör jetzt auf und konzentrier dich", schalt sie sich wieder. Sie holte aus der Küche zwei Gläser und einen Krug mit kaltem Wasser und stellte alles auf den Couchtisch, den sie nebenbei ein klein wenig aufräumte. Was da alles rumlag?! Fünf Bücher, vier Zeitschriften, zwei Kerzenständer, Straßenkarten, zwei kleine Notizblöcke, verschiedene Kugelschreiber und Bleistifte, Kopfhörer für ihr Telefon, Postkarten, Feuerzeuge, ein Möbelkatalog und eine fast leere Flasche Nagellackentferner. Mit ein paar schnellen Handgriffen stapelte sie das meiste und schob es ganz an den Tischrand. Dann setzte sie sich und schenkte ihm ein Glas ein.

Er nahm es nickend und trank zwei Schlucke. Dann stellte er es wieder hin.

Sie war noch immer ganz aufgeregt. Ihre Hände waren kalt, sie spürte, wie ihr Herz raste. Das war so aufregend! Jetzt ging es gleich los.

Es war ja nicht so, dass sie akut auf Männersuche war, aber wenn ihr auf der Straße oder in einem Lokal mal ein nettes Exemplar begegnete, konnte ihr das den Tag schon sehr verhübschen – auch wenn sie es „in freier Wildbahn" kaum schaffte, die Aufmerksamkeit eines Mannes auf sich zu ziehen. Aber dass dieser Traummann direkt bei ihr läutete und mit ihr sprechen wollte, das war noch nie da gewesen.

Sie richtete sich auf und räusperte sich. Jetzt kam ihre Chance, ihn zu beeindrucken. Okay, das mit ihrem Aussehen war zwar blöd, aber das konnte sie doch wettmachen! Er sah nicht aus wie ein Mann, der sich nur auf Äußerlichkeiten konzentrierte.

„Bitte, Frau Müstiger. Erzählen Sie genau, was Sie gesehen haben und von wo aus."

„Ich saß da drüben an meinem Esstisch und schrieb. Da habe ich gesehen, wie das rote Auto von der Hauptstraße abbog und hier herein fuhr." Sie deutete auf die kleine Straße, die an ihrem Garten vorbeiführte. „Es fuhr sehr schnell, und ich dachte mir noch, dass das für eine so unübersichtliche Kurve nicht gut ist, weil ja der Verkehrsspiegel, der da drüben hing" – wieder deutete sie mit der Hand in die Straßenrichtung –, „seit ein paar Tagen weg ist. In diesem Moment kam das große, schwarze Auto auch sehr schnell von hinten, und noch ehe ich mir etwas dazu denken konnte, hat es auch schon gekracht. Das ging so schnell, ich glaube nicht, dass einer der Fahrer noch gebremst oder auszuweichen versucht hat."

Er notierte sich ein paar Sätze in einem kleinen Schreibblock. Ach, das war ja noch besser. Sie liebte Männer, die schrieben.

„Danke, das war es dann auch schon. Ihre Aussage war

sehr wertvoll, wenn wir noch weitere Fragen haben, melden wir uns bei Ihnen."

Er nahm noch einen Schluck aus dem Glas, stand auf und ging schon in Richtung Türe, bevor sie bemerkt hatte, dass es das schon gewesen war.

Er drehte sich halb zu ihr um, das brachte sie dazu, aufzustehen und hinter ihm herzustolpern. Sie stand an der offenen Türe, als er den Kopf drehte und sagte: „Wiedersehen."

Er ging durch die Türe, sie blieb stehen und sah ihm nach.

„Nein", dachte sie bei sich, „ich glaube nicht, dass ich dich wiedersehe."

Eine kleine Idee

Eine kleine Idee – ihren Namen will ich hier nicht verraten – ging eines Samstagnachmittags in Salzburg spazieren. Sie wusste nicht recht wohin und schlenderte durch Straßen, die sie noch nie zuvor betreten hatte. Da sah sie in der Trautmannstraße eine seltsam anmutende kleine Wohnsiedlung in abscheulichen Farben und umkreiste die Häuser. Ganz spontan blieb sie vor einer der Eingangstüren stehen und drückte auf eine der Klingeln. Als ich das Läuten hörte, saß ich gerade auf meiner Couch, mit meinem Schreibbuch auf dem Schoß, und schrieb diese Geschichte.

Eine kleine Idee tritt ein

Das war mir ja noch nie passiert. Völlig unangemeldet spazierte die kleine Idee nun in meine Wohnung. Ich sah sie an. War sie gefährlich? Äußerlich machte sie nicht den Eindruck, aber wer konnte das schon mit Sicherheit sagen. Ich hatte noch wenig Erfahrung mit Ideen, die durch die Straßen spazierten und mich einfach so besuchten. Ich blieb neben ihr stehen. „Möchtest du dich setzen", fragte ich sie. Sie schaute in meine Richtung, reagierte aber nicht auf die Frage. Dann spazierte sie durch meine Wohnung, sah in die Zimmer, kam schließlich im Wohnzimmer zum Stehen und blickte aus dem Fenster. „Was siehst du, wenn du hier hinausschaust", fragte sie mich. Erstaunt blickte ich auf. Ich hatte nicht so eine tiefe und feste Stimme von ihr erwartet, wo sie doch so klein und zart wirkte. Aber anscheinend steckte da mehr in ihr, als von außen sichtbar war. Ich ging zu ihr, schaute in die gleiche Richtung und wollte schon ansetzen, aufzuzählen, was da draußen alles zu sehen war. Aber noch bevor ich anfing, schubste sie mich. „Sei jetzt nicht kindisch, du weißt, was ich meine." Noch einmal blickte ich zum Fenster hinaus. Da sah ich es auch. Da draußen waren tausend und abertausend von Geschichten, die nur darauf warteten, aufgeschrieben zu werden. „Ja", sagte ich und strahlte. „Jetzt sehe ich es auch".

Eine kleine Idee #3

Ganz ungeduldig begann die kleine Idee, von einem Bein aufs andere zu hüpfen. „Los, los, los", rief sie ganz aufgeregt.

Etwas perplex schaute ich sie an. „Ja was. Ähem. Meinst du, ich soll jetzt gleich damit anfangen?"

Sie hielt so plötzlich inne, dass es mich nicht gewundert hätte, wenn sie in der Luft hängengeblieben wäre. Aber sie stand (schief) auf ihrem rechten Bein und schaute mich verständnislos, mit offenem Mund an.

„Ja sicher jetzt, wann denn sonst?", gab sie kopfschüttelnd zurück. „Worauf wartest du?"

„Ich – also, ich muss doch zuerst mal wissen, was ich schreibe, also überlegen, was passieren soll und für wen ich das schreibe, ob es eine Kurzgeschichte werden soll oder ein Roman, und wie ich den Text dann formatieren werde, welche Schriftart und so weiter. Das heißt, eigentlich muss ich ja zuerst entscheiden, ob ich nicht besser erst mit der Hand schreibe statt am Computer, und dann muss ich planen, wann und wie lange ich jeweils schreiben werde..." Ich holte Luft.

„Sei still, setz dich hin oder bleib stehen und fang an zu schreiben – JETZT!"

Die Frau am Parkplatz

Sie scheint völlig versunken. Sitzt in ihrem Auto, den Fahrersitz ganz nach hinten geschoben, den Kopf angelehnt, die Augen halb geschlossen. Sie scheint das rege Treiben um sich herum gar nicht wahrzunehmen. Oder tut sie nur so als ob?

Die Autos, die kommen und gehen, scheint sie genauso wenig zu bemerken wie die Menschen, die aus diesen Autos purzeln. Alleine, zu zweit, in Gruppen.

Manche hasten nur schnell zu den Toiletten, kommen zurück, reißen die Autotür auf, und kaum sitzen sie, fahren sie auch schon wieder los.

Andere bummeln etwas herum und holen sich einen Kaffee aus dem Automaten, der neben der Info-Tafel des Tourismusbüros steht. Dort stehen sie dann, verlagern das Gewicht von einem Bein aufs andere und nippen vorsichtig an ihrem Getränk. Erst wenn es dem Ende zugeht, geraten sie wieder in Bewegung, ein paar Schritte nach rechts, zum nächsten Abfallbehälter. Manchmal haben sich andere zu ihnen gesellt, aber es ist immer die Person mit dem Becher in der Hand, die den Zeitpunkt des Aufbruchs bestimmt.

Auf der anderen Seite des Parkstreifens befindet sich ein schmales Stückchen Wiese, auf dem zwei verwaiste Bank-Tisch-Kombinationen zum Picknicken stehen. Dort schlendern zwei ältere Paare gemächlich auf und ab, und eine junge, farblose Frau führt ihren farblosen Hund ein paar Mal im Kreis herum. Am Ende des Parkstreifens hat ein silbergrauer Van geparkt, aus dem zwei Erwachsene und drei Kinder krabbeln. Der Mann geht die ersten paar Schritte ganz krumm. Langsam richtet er sich auf, dehnt seine Arme diagonal, streckt sich und biegt seinen Rücken dabei erst auf die eine, dann auf die andere Seite. Er fährt sich mit beiden Händen durch die Haare und streift sie nach hinten. Erst jetzt kommt Bewegung in den Rest der Familie, die bis dahin einfach nur um das Auto herumgestanden ist. Die Heckklappe wird geöffnet, ein heller Korb und eine grell gemusterte Kühltasche darauf platziert, und dann werden die Kinder mit Getränken, Keksen und Obststücken versorgt. Der Mann greift zu einer Flasche und trinkt unter dem Protest seiner Frau ein paar Schlucke direkt daraus. Er wischt sich grinsend den Mund ab, die Kinder lachen. Dann schnappt er sich eine Handvoll Kekse und beginnt sie systematisch in seinen Mund zu schaufeln. Er wischt sich die Hände an der Hose ab und geht mit großen, federnden Schritten zu den Toiletten. Auf dem Weg dorthin blickt er nach links, sein Blick bleibt bei der Frau in ihrem Auto hängen. Er stockt kurz, geht weiter, wendet seinen Kopf aber gleich ein zweites Mal in ihre Richtung. Dabei zieht er die Augenbrauen zusammen, und seine Stirn wird ganz faltig. Auch seine Frau scheint nun bemerkt zu haben, dass etwas ihn in seinem normalen Schritt gebremst hat. Sie sieht ihn an, folgt seinem Blick, fokussiert das Auto, und ihr Gesichtsausdruck wird leer.

Hastig wendet sie sich ab, fragt übertrieben fürsorglich, ob noch eines der Kinder Durst oder Hunger hat, und beginnt dann mit fahrigen Bewegungen die Lebensmittel und Getränke wieder wegzupacken, wischt mit einem Geschirrtuch die Brösel von der geöffneten Heckklappe, schließt diese und scheucht die Kinder geradezu vor sich her zu den Toilettenanlagen. Dort treibt sie sie zur Eile an, schleust sie beim Getränkeautomaten vorbei und ist noch vor ihrem Mann mit allen zurück beim Auto. Sie steigen ein, und sobald er, der in einem weiten Bogen zum Auto zurückgegangen ist, ebenfalls einsteigt, fahren sie los und sprechen angestrengt über das Ziel der Fahrt und die für die Jahreszeit viel zu milden Temperaturen.

Die Frau in ihrem Auto verharrt nach wie vor in ihrer Position. Erst in einer knappen halben Stunde wird sie die Augen zukneifen und wieder öffnen, sich einmal gut durchstrecken und dann mit langsamen Bewegungen die Fahrertür öffnen und aus dem Auto steigen.

Fremde Hände

So ein verfluchter Mist, ging es ihr durch den Kopf. Was muss ich Idiotin auch immer ausweichen. Dieser Mistkerl sitzt in einem Traktor und ich bin es, die in die Wiese fährt. Sie schnaubte. Zum Glück war sie so langsam unterwegs, dass die hohe Kante zum Bankett keinen Schaden an ihrem Auto angerichtet hatte. Das hätte ihr gerade noch gefehlt. Wobei – was würde das jetzt noch ausmachen? Sie kam hier ja doch nicht mehr weg. Sie hing fest. Fast zwanzig Minuten lang hatte sie versucht, mit vorsichtigem Vor- und wieder Zurückfahren aus der nassen Wiese zu kommen. Wiese, was heißt da Wiese? Das war tiefster Morast. Schlamm, Matsch, Wasser und sicher Millionen von fiesen Matschgeistern, die sich an ihre Reifen klammerten und verhinderten, dass sie aus dieser Situation entkam. Sie stand mitten in der Pampa, es war mittlerweile dunkel. Sie war auf dem Weg zu einer Kartenlegerin, die hier irgendwo lebte. Dass sie den Termin noch einhalten würde können, bezweifelte sie. Zwar war sie in weiser Voraussicht früh genug los gefahren, aber das hier sah nicht danach aus, als würde sie so schnell hier wegkommen. Sie hatte ja überlegt, dem Traktor nachzugehen, in der Hoffnung auf einen Hof zu treffen und dort um Hilfe zu bitten. Obwohl - dann müsste sie denjenigen, der sie quasi von der Straße gedrängt hatte, auch noch anbetteln? Nein, dazu hatte sie keine Lust. Also rief sie zuerst mal bei der Kartenlegerin an, um ihr die Situation zu erklären. Sie kam zwar nur auf die Mailbox, aber die würde sie ja sicher abhören, wenn ihr 18.30 Uhr

Termin nicht erschien. Sie kramte eine uralt Landkarte aus ihrem Handschuhfach und faltete sie auseinander. Zwar hatte sie wenig Hoffnung, ihre genaue Position darauf zu finden, aber immerhin konnte sie ihr Auskunft darüber geben, in welche Richtung sie näher zum nächsten Ort hatte. Vielleicht war die Kartenlegerin ja auch zu Fuß erreichbar? Konnte sie ihr Auto hier so einfach stehen lassen?

Warum auch nicht, schließlich befand sich nur mehr das linke Hinterrad auf der Straße. Der Rest eben nicht mehr. Auf der Karte war die Straße, auf der sie stand nicht eingezeichnet, aber gefühlsmäßig glaubte sie zu erkennen, dass sie nur ein paar Kilometer vom nächstgrößeren Ort entfernt war. Sollte sie dorthin gehen? Und dann? Was sie brauchte war kein Ort, sondern jemand mit Abschleppseil, der sie aus diesem mistigen Graben herauszog. Sie blickte sich erneut um. War hier noch irgendjemand außer ihr unterwegs? Vielleicht war das ja auch die falsche Straße gewesen und sie befand sich in einer Sackgasse, die wie eine kilometerlange Hofzufahrt vor dem Stall des Traktorrowdys endete. Das wären ja tolle Aussichten.

Nicht entmutigen lassen, Sandra, sagte sie zu sich selbst. Immer positiv bleiben. Entweder kommt jetzt gleich jemand hier vorbei und hilft dir, oder die Frau Kartenlegerin ruft dich an und legt dir die Karten eben am Telefon. Das hatte sie ihr nämlich angeboten.

Wollen sie vorbeikommen, oder lieber telefonisch beraten werden? hatte sie Sandra gefragt, als diese wegen eines Termins bei ihr angerufen hatte.

Äh, geht denn das telefonisch?

Aber ja, natürlich, das machen doch schon viele. Ich mische, sie sagen Stopp. Das geht immer, egal wo sie oder ich gerade sitzen.

Ja aber, dann sehe ich ja gar nicht, was sie machen! entfuhr es Sandra ganz spontan.

Das stimmt allerdings. Ich habe nämlich kein Smartphone über das wir skypen könnten, sodass sie die Legung mitverfolgen können. Wenn ihnen das wichtig ist, würde ich ihnen empfehlen, persönlich zu mir zu kommen.

Ja, ich glaube auch, dass mir das lieber ist, antwortete Sandra und sie vereinbarten den heutigen Termin.

Mist, der würde in zehn Minuten beginnen. Das ging sich nicht aus, das ging sich einfach nicht aus! Und angerufen hatte die Frau auch noch nicht. Machte die denn keine Pausen zwischen ihren Beratungen? War noch jemand bei ihr, der sie davon abhielt einen Blick auf ihr Mobiltelefon zu werfen? Beriet sie so lange, bis es wieder an der Tür klingelte? Na dann herzliche Gratulation ihrer Vorgängerin, dachte sie sarkastisch. Du bekommst eine Doppelstunde auf meine Kosten!

Aber der Sarkasmus tat ihr nicht gut. Sie spürte, wie die Tränen in ihr hochstiegen.

Heul' jetzt bloß nicht du Memme, fuhr sie sich innerlich an. Heulen hilft dir auch nicht aus dieser Situation!

Immer wieder verdrehte sie den Kopf in alle Richtungen, um zu sehen, ob von irgendwo her ein Auto kam, blickte aber nur in die immer dunkler werdende Dämmerung. Neblig war es auch. Wenn das so weiterging, würde ein anderes Auto sie vermutlich erst bemerken, wenn es sie auch noch das letzte Stück von der Straße gerammt hatte. Und außerdem wurde es kühl. Unangenehm kühl. Kühl und klamm. Die Feuchtigkeit des Nebels schien durch die geschlossenen Fenster ins Auto hinein und durch ihre ganze Kleidung zu kriechen. Sie wurde immer verzagter.

Was, wenn hier wirklich niemand mehr vorbeikam? Es ging ja langfristig gesehen nicht nur um ihren Termin zum Kartenlegen, sondern auch darum, dass sie morgen um sieben Uhr wieder in der Arbeit sein musste. Es half alles nichts, sie brauchte einen Abschleppdienst.

Seufzend beugte sie sich zu ihrem Handschuhfach und kramte nach der Mappe mit Servicebuch, Bedienungsanleitung, Schadensmeldung und den ganzen wichtigen Visitenkarten, die sie rund um ihr Auto gesammelt hatte. Da war doch sicher die Nummer eines Abschleppdienstes dabei, oder zumindest, die ihrer Werkstatt, um dort weitergeleitet zu werden. Sie sah sich die verschiedenen Nummern durch und ärgerte sich insgeheim, dass sie nie die Anmeldung für einen dieser Autofahrerclubs angenommen hatte, die ihr immer und immer wieder schmackhaft gemacht wurden. Nie konnte sie sich überwinden, diesen Vereinen beizutreten, weil sie im Innersten deren Sinnhaftigkeit stark bezweifelte und auch deren Ansichten nicht teilen konnte. Außerdem hätte sie in ihrer zwölfjährigen Autofahrkarriere für Mitgliedsbeiträge sicher mehr ausgegeben, als sie heute für einen Abschleppwagen zahlen müsste. Gerade, als sie die richtige Karte in der Hand hielt und die Innenbeleuchtung anknipste, um wählen zu können, klingelte das Telefon in ihrer Hand. Vor lauter Schreck, hätte sie es beinahe fallen lassen, fing es aber wieder auf und nahm ab. Es war die Kartenlegerin, die ihre Nachricht abgehört hatte und ihr versicherte, dass sie gerne auch noch eine Stunde später zu ihr kommen könne, sie sei ihr letzter Termin für den Tag und sie habe danach auch nichts mehr vor.

"Ich weiß ehrlich gesagt noch immer nicht, wie ich aus

diesem Graben hier raus komme," antwortete sie etwas verlegen. Eigentlich hätte sie ja mehr als genug Zeit gehabt, das in der Zwischenzeit zu klären und Hilfe zu organisieren, statt wie vom Blitz gestreift im Auto zu sitzen und das Heulen zu unterdrücken. Die Frau am anderen Ende der Leitung überlegte kurz.

"Vielleicht kann ich ihnen helfen. Ich habe zwar selbst kein Auto, mit dem ich sie aus dem Graben ziehen könnte, aber ein guter Bekannter von mir hat einen Hof, ganz in der Nähe von dort, wo ich sie vermute. Vielleicht erreiche ich ihn. Ich melde mich wieder bei ihnen."

Auch das noch, dachte sie bei sich. Das war garantiert ein und dieselbe Person. Sie schloss die Augen, lehnte ihren Kopf an die Kopfstütze und versuchte sich zu beruhigen. Sie hatte Angst, dass genau der Traktor angefahren käme, der sie von der Straße gedrängt hatte. Was sollte sie sagen? Das Telefon hielt sie locker in der Hand. Sie fröstelte. Es war empfindlich kalt geworden. Hatte sie eine Decke im Kofferraum? Sollte sie aussteigen und sich bewegen? Das wäre sicher vernünftiger, als hier in der Kälte herumzusitzen und sich eine Erkältung zu holen. Trotz dieser Gedanken, saß sie weiter regungslos da und glitt immer mehr in den Schlaf. Ein wenig war sie sich ihrer Situation noch immer bewusst. Ihr fiel ein, wie sie mit knapp 18 Jahren einmal im Urlaub mit ihrem Auto in einer Schneewehe am Straßenrand festgesessen war. Damals hatte sie mit einer Freundin einen Rodelausflug unternommen und war so schwungvoll, wie ungeschickt in den tiefen Schnee am Straßenrand gefahren, dass ihr sofort klar war, dort nie mehr wieder ohne fremde Hilfe herauszukommen. Aber es war ihr egal, sie ließ das Auto stehen und abends, als sie von ihrer Rodelpartie, der ein ausgelassenes Hüttenfeiern vorausging zurückkamen, trommelten sie einfach ein paar der Jungen zusammen, die ebenfalls zu ihren Autos gingen und ließen sich von ihnen aus der festgefahrenen Situation helfen. Die stellten sich vor ihr Auto, begannen zu wippen und wiesen sie an, immer wenn sie die Motorhaube nach unten drückten, leicht Gas zu geben. In Nullkommanix war sie so aus dem tiefen Schnee draußen gewesen, hatte zum Abschied aus dem geöffneten Fenster gewinkt und war lachend nach Hause gefahren. Damals erschien ihr das alles nicht peinlich oder schlimm. Was war nur aus dieser Zeit geworden? Wohin war ihre Unbeschwertheit verschwunden? Wie sie so dasaß im Halbschlaf konnte sie beinahe fühlen, wie das Auto damals gewippt hatte. Wie sie so sanft, wie es ihr mit ihrer wenigen Fahrpraxis möglich war, Gas gegeben und rückwärts aus dem Schnee gefahren war. Sie lächelte. Ja, ein paar solcher fremden helfenden Hände könnte sie jetzt auch gut gebrauchen. Ihre Füße bewegten sich leicht, so als ob sie Kupplung und Gas bedienen würden. Sie fühlte, wie das Auto unter ihr erst zurück- und vorwippte, dann aber ganz langsam weiter zurücksetzte, wie die Reifen wieder festen Boden griffen und dann in einem kurzen, aber schwungvollen Satz auf die Straße zurücksprang.

Hoppla was war das gewesen!? Ihr Oberkörper wurde nach vorne gedrückt, und schwang wieder zurück. Sie riss die Augen auf. Was träumte sie denn da? Erschrocken sah sie, dass sie nicht mehr im Straßengraben stand, sondern schräg auf der schmalen Straße. Ihre Hände lagen am Lenkrad, das Telefon auf ihren Beinen. Der Motor lief.

Was war hier passiert? Ängstlich schaute sie durch die Windschutzscheibe. Sie konnte nichts erkennen. Von einer plötzlichen Panik ergriffen, verriegelte sie das Auto von innen und blickte noch einmal in alle Richtungen hinaus. Sie sah nichts. Und vor allem: sie sah niemanden! Wer hatte ihr aus dem Graben geholfen? Wie war der Motor angesprungen, während sie gedöst hatte? Sie traute sich nicht auszusteigen und nachzusehen. Aber sie öffnete das Fenster einen Spalt und rief mit leiser Stimme hinaus: "Hallo? Ist da jemand?" Es kam keine Antwort, sie hörte nur den Motor ihres kleinen Autos leise vor sich hin brummen. Gerade als sie das Fenster wieder schließen wollte zerriss ein lautes Geräusch die Stille. Ihr Herz setzte kurz aus und sie schrie vor Schreck auf. Ihr Telefon! Es war nur dieser ekelhafte Klingelton ihres Mobiltelefons, den sie eingestellt hatte, weil sie ihn als einzigen durch die Fahrgeräusche des Autos, Busses oder Zuges hörte, wenn sie zur und von der Arbeit pendelte. Mit zitternden Händen nahm sie den Anruf an. Es war die Kartenlegerin, die ihr mitteilte, dass sie leider niemanden erreicht hätte und ob sie den Termin wohl noch wahrnehmen könne.

"Ja," antwortete sie leise. "Ich komme. Ich hab es geschafft, das Auto aus der Wiese zu fahren. Ich bin in 15 Minuten bei ihnen."

Langsam und sehr vorsichtig fuhr sie los, immer noch Ausschau nach einem Retter haltend, konnte aber niemanden entdecken. Allerdings wunderte sie das jetzt gar nicht mehr. Die Dunkelheit wurde von einem so dichten Nebel umgeben, dass jemand 2 Meter neben ihrem Auto hätte stehen können, ohne dass sie ihn gesehen hätte.

Als sie nach gut zehn Minuten vor dem Haus der Kartenlegerin parkte, hatte sie sich gerade wieder etwas beruhigt. Natürlich war sie am richtigen Weg und auch schon ganz in der Nähe der Adresse gewesen. Sie stieg aus und ging um ihr Auto herum, als sie wie erstarrt stehen blieb. Auf der Motorhaube sah sie im Schein der Straßenlaterne ganz deutlich die Abdrücke von Händen. Vier, nein sechs fremde Hände, die genau da waren, wo sie sein müssten, um ein Auto aus einer festgefahrenen Situation hinauszuschaukeln. Ein kalter Schauer lief ihr über den Rücken, sie schaute sich noch einmal um, konnte aber im dichten Nebel nichts erkennen.

Fremde Hände 2

Sie lag auf ihrem Rücken.

Wo war sie?

Ihr Kopf schmerzte, ihre Hüfte fühlte sich an, wie ausgewrungen, und ihr war kalt.

Was war passiert?

Schnee. Das letzte, an das sie sich erinnern konnte war Schnee. Wieso lag sie und warum fror sie so erbärmlich? Sie fühlte noch mal in sich hinein. Außer Kopf und Hüfte schien alles in Ordnung zu sein. Naja, wenn man davon absah, dass sie nicht wusste,

wo sie war und aus welchem Grund. Sie versuchte sich zu räuspern. Gut, das klappte.

Jetzt hörte sie auch etwas. Ganz plötzlich kamen Schallwellen bei ihren Ohren an, nur konnte das Gehirn sie noch nicht in für sie verständliche Laute umwandeln.

„Konzentrier dich, du schaffst das", wies sie sich innerlich an.

Moment, da blitzte doch plötzlich eine klitzekleine Erinnerung auf. Genau bei diesem Satz. Den hatte sie sich vor kurzem erst zugeraunt, als... weg. Der Rest der Erinnerung war weg. Schade, sie glaubte schon, alles wieder auf die Reihe zu kriegen. Das mochte sie nämlich. Sie wollte immer den Überblick behalten, alle Möglichkeiten schon im Vorhinein kennen, jeden Entwicklungsschritt zuvor schon einmal in Gedanken durchgegangen sein.

Davon war sie im Moment meilenweit entfernt. Die Geräusche waren auch wieder abgeebbt. Oder entfernte sie sich von ihnen? Bewegte sie sich und wusste es nur nicht? Es gab eine einfache Möglichkeit das herauszufinden. Sie musste nur die Augen öffnen und feststellen, wo sie war.

Ahhh, das tat gut. Sie liebte so einfache Lösungen. Beinahe hätte sie gelächelt, aber in diesem Moment war sie noch nicht ganz Herrin ihrer Mimik. Trotzdem breitete sich so etwas, wie ein Zufriedenheitsgefühl in ihr aus, das ihr Sicherheit und eine gewisse Gelassenheit verschaffte. Gut. Sie hatte eine Lösung für ihr Problem gefunden. Das war... Moment. Irgendetwas an dieser Lösung stimmte nicht. Wenn sie so einfach war, warum hatte sie sie dann noch nicht in die Tat umgesetzt? Jetzt wäre es wohl an der Zeit ihre Stirn zu runzeln, aber auch das überforderte sie derzeit noch, also versuchte sie es erst gar nicht. Was hinderte sie daran, die Augen zu öffnen und sich einen Überblick über ihre Situation zu verschaffen? Dazu fiel ihr nichts mehr ein. Alles, was sie bemerkte war, dass die Kälte jetzt so richtig unangenehm wurde. Sie kroch ihr bis in die Knochen und begann schön langsam die Schmerzen im Kopf und in der Hüfte zu überdecken.

Das war nicht gut, das war so ganz und gar nicht gut!

Das spürte sie ganz deutlich und das eben noch verspürte Glücksgefühl war wie weggeblasen.

Himmel, was war denn hier los. Schön langsam verlor sie die Geduld mit sich selbst.

„Konzentrier' dich, atme tief durch und denk nach".

Sie nahm einen tiefen Atemzug und überlegte.

Punkt Eins: Die innere Anweisung „du schaffst es" hatte irgendetwas mit dieser Situation zu tun, da war sie sich sicher.

Punkt Zwei: Sie konnte hören, aber nichts verstehen, das

war seltsam. Im Moment war es außerdem wieder ganz ruhig geworden.

Punkt Drei: Die Augen zu öffnen, würde ihr sicher weiterhelfen.

Sie fing mit dem ersten Punkt an und sagte sich den Satz „Du schaffst es" innerlich vor. Immer und immer wieder. Manchmal hatte sie das Gefühl, dass ein kurzer Gedankensplitter dazu auftauchte. Sie spürte, wie der Schweiß ihren Rücken hinunterlief, sie spürte Erschöpfung. Was hatte das zu bedeuten? Egal, weiter im Programm.

Der zweite Punkt war ganz schnell abgehandelt, denn um sie herum war es ruhig. So ruhig, dass sie sogar ihr Blut in den Ohren rauschen hörte und die Pulsschläge darin.

Auch gut und weiter.

Jetzt kam der schwierigste Teil. Augen auf. Sie blieben zu. Augen auf und zwar jetzt! Immer noch zu. Wie öffnete man die Augen, wenn sie auf Gedanken nicht reagieren? Mechanisch! Sie musste nur ihre Hand heben und damit die Lider aufschieben. Hach, beinahe hätte sie vor Erleichterung aufgelacht. Es war ja auch wirklich einfach. Sie hob ihre Hand und – nichts passierte. Die Hand bewegte sich keinen Millimeter.

Frustriert hielt sie inne. Na super. Nicht nur Problem Augen nicht beseitigt, sondern auch noch Problem Hand neu geschaffen. „Gratuliere, du Null", raunte sie gedanklich.

„Wenn du die Augen nicht öffnen kannst, liegt es vielleicht daran, dass sie schon offen sind", schoss es ihr durch den Kopf. Oh nein, war sie etwa blind? Sie musste unbedingt herausfinden, ob ihre Augen geschlossen oder geöffnet waren. Aber wie, wenn die Hand nicht tat, was sie ihr sagte? Schön langsam war ihr mehr nach heulen zumute, als sie es von sich kannte. Was zum Henker war denn hier los? Träumte sie etwa? Aber das konnte nicht sein, denn im Traum spürte man ja keine Schmerzen und die hatte sie ganz eindeutig. Am liebsten hätte sie sich auf die Seite gedreht und eingerollt wie ein Embryo. Aber wie denn, wenn sie weder Augen noch Arme bewegen konnte?

Aber vielleicht war sie ja wirklich blind? Auch wenn sie sich keinen Grund dafür denken konnte, vielleicht waren ihre Augen ja die ganze Zeit geöffnet? Dann müsste sie sie einfach schließen und würde doch sicherlich einen Unterschied zu jetzt spüren. Das war gut! Und schon wieder hatten die Freude und ihr Optimismus Oberhand gewonnen.

„Augen zu", sang sie sich innerlich vor.

„Hmmmm, also ich weiß ja nicht, wen außer dir selbst du hier noch belügen willst, meine Liebe, aber ich finde, das bringt dich nicht weiter."

Resigniert seufzte sie tief.

„Autsch!" entfuhr es ihr jetzt laut. Naja, zumindest gab sie einen Laut von sich, der entfernt an „Autsch" erinnerte. In dem Moment, in dem sie geseufzt hatte, durchfuhr sie ein brennender Schmerz, ausgehend von ihrem Hinterkopf, der gleichzeitig in Richtung Stirn und in ihren Körper Richtung Beine fuhr.

„Wow", dachte sie jetzt etwas schockiert. „Das war jetzt aber neu. Aber nicht unbedingt gut." Immerhin spürte sie sich jetzt wieder. Und... ja, wenn sie genau hinfühlte, spürte sie, wie sie ihre Augen zusammenkniff. Das musste der Schmerz sein. Zuvor hatte sie noch keinerlei Gefühl im Augenbereich gehabt. Das würde dann auch bedeuten...

Ja, sie bewegten sich! Ihre Augenlider flatterten ein wenig und plötzlich blendete sie helles Licht! Sie blickte in einen leicht bewölkten Himmel und drei fragende Gesichter.

„Na also, jetzt macht sie die Augen doch wieder auf", hörte sie nun eine ihr sehr vertraute Stimme sagen. „Komm schon, wir sind alle schon mal ausgerutscht, mach nicht so eine Show draus."

Und da streckten sich ihr auch schon drei Paar Hände entgegen, die sie an den Armen, Ellbogen und Schultern packten und ihr aufhalfen. Sie klopften ihr den Schnee von der Jacke, strichen ihr die Haare aus dem Gesicht und hielten sie noch ein wenig fest.

„Alles klar bei dir? Du hast da völlig regungslos gelegen. Wir haben nur ein kurzes 'Hrmpf' gehört und dann lagst du da, wie ausgeknockt!"

Sie räusperte sich und bewegte vorsichtig die Arme (es funktionierte!) und Beine. Die Hüfte tat ihr noch weh, aber sie konnte auftreten.

„Ja, alles klar. Lasst uns weiterlaufen. Mir ist ganz schön kalt geworden, da am Boden."

Jetzt war alles wieder da.

Der milde Wintertag, der Anruf ihrer Freunde, ob sie Lust hätte, mit ihnen einen Lauf zu machen, das hohe Tempo, das sie schnell an den letzten Platz rutschen ließ und ihre versuchte Aufmunterung an sich selbst „Komm schon, bleib dran, du schaffst das", kurz bevor sie auf einem eisglatten Stück des Weges ausgerutscht und vermutlich mit dem Hinterkopf etwas zu hart gelandet war.

„Jetzt nehmen wir dich aber in die Mitte. Nicht dass du das nächste Mal einen eingesprungenen Rittberger probierst", lachte einer und reihte sich hinter ihr ein. Sie liefen weiter, etwas langsamer, aber fröhlich schwatzend.

Trennung

Anna und Markus gehen über die Straße,
Hand in Hand.

Sie springen auf den Gehsteig,
sie fliegt weiter, er bleibt stehen.

Kurz sieht er ihr nach, wie sie
im Himmel davonschwebt,
kleiner wird,
zu einem Punkt,
zu einer Ahnung wird.

Angestrengt zwickt er die Augen zusammen, den Kopf im
Nacken.
Er hat sie verloren.
Er senkt den Kopf und geht alleine weiter.

Ein kurzer Sommerregen

Der Regen kam zurück.
Der Wind brachte ihn uns wieder.
Die Erde zischte, als die ersten Tropfen auf sie trafen.
Ausgedörrt, ausgetrocknet.
Verdörrt, vertrocknet.
Der erste Tropfen schien sich aufzulösen noch bevor er in sie eindringen konnte.
Wie ein Schutzwall umgab sie die Hitze der letzten Tage.
Aber - steter Tropfen höhlt den Stein und dringt auch in die Erde ein.

Und so schaffen es irgendwann auch mal die Regentropfen wieder, und sickern langsam durch die heiße Kruste. Nicht hart und gewaltvoll sondern sanft und allmählich. Und - als erinnere sich die Erde wieder an den Regen - schien sie ihre Poren zu öffnen und ihn aufzusaugen, gerade noch rechtzeitig, bevor er wieder versiegte.
Oder weiterzog.
Wer weiß das schon.

Ein Schmetterling

Ein Schmetterling fliegt um die Ecke.
Dort sieht er einen Kohleofen, der nicht mehr brennt.
was tust du hier, fragt er.
gar nichts, antwortet der Ofen. ich habe ein Burn-Out.

Der Schmetterling nickt und fliegt weiter. Es erscheint ihm logisch. Er fliegt über eine kleine Straße, über die auch gerade ein Mann geht.
Der bewundert die Leichtigkeit des Schmetterlings, seine bunten Flügel, die Art und Weise, wie er mit dem leichten Wind spielt.
ach wäre ich doch auch so frei wie er, denkt er sich. frei und unabhängig. ohne Verpflichtungen. ich müsste auf niemanden mehr Rücksicht nehmen.
Er blickt noch einmal auf, aber der Schmetterling ist schon aus seinem Blickfeld verschwunden. Nachdenklich geht er weiter. Seine Gedanken verselbständigen sich und beginnen, leicht wie ein Schmetterling durch die Gegend zu flattern. Er blickt ihnen nach und wundert sich, dass sie auf einmal so leicht und unbeschwert sind. Vorsichtig beginnt er seine Arme auf und ab zu bewegen und gelegentlich ein kleines Hüpferchen dazu zu tun. Das fühlt sich gut an!
Er macht weiter, schlägt mit seinen imaginären Flügeln, springt und dreht sich um seine eigene Achse. Ein paar Leute kommen ihm entgegen, sehen ihn entgeistert an, wechseln die Straßenseite.
Ein Kind, das begeistert mitmachen will, weil es das

Schöne noch erkennt, wird schnell von seiner Mutter an der Hand weggezogen. Es protestiert, stemmt sich dagegen, spürt – das ist das Leben, dort will es hin, es verdreht den Kopf, versucht noch einen letzten Blick auf den Mann zu erhaschen, muss sich schließlich geschlagen geben und spürt seine ganze Machtlosigkeit und Abhängigkeit mit einem Male wie ein tonnenschweres Gewicht auf seinen Schultern. Es senkt den Kopf, damit die Mutter die Tränen nicht sieht, die über seine Wangen rinnen.

Die Geschichte, die lächelte

Eine Geschichte entsteht.

Sie nimmt ihren Anfang.

Erst geht es ihr noch nicht so gut. Sie fühlt sich nicht besonders kräftig, nicht interessant genug und überhaupt, wer bitte soll an einer wie ihr Interesse haben? Sie lümmelt auf ihrer Couch herum und wartet darauf, dass ihr Leben beginnt. Dass sie lebendig wird und sich selbst spüren kann. Sie will, dass etwas mit ihr passiert. Eine unerwartete Wendung vielleicht? Ein neuer Mitspieler? Eine zweite Geschichte, die sie kreuzt und durcheinanderbringt?

Überhaupt ist hier alles viel zu ordentlich. Sie sieht sich um. Alles liegt da, wo es liegen soll. Alles sieht so aus, wie es aussehen soll. Würde sie in einem Möbelkatalog spielen, könnte es kaum schlimmer sein. Naja. Doch. Schon. In diesen Katalogen wurde man immer mit Deko-Gegenständen so zugemüllt, dass man kaum mehr erkennbar war. Das hatte die Geschichtenschutzbehörde schon des Öfteren angeprangert, aber nie hatte jemand darauf reagiert.

Ein Mord! Die Geschichte richtet sich plötzlich auf. Das wäre etwas Unerwartetes und Spannendes, das wollte sie gerne haben. Ungeduldig wippt sie vor und zurück. Dass sie da nicht früher schon draufgekommen war...

Nur.

Sie hält plötzlich inne. Wie soll sie das machen? Sie selbst ist ja schließlich keine Mörderin, sondern eine kleine, fade, unscheinbare Geschichte. Sie wollte aber so gerne einen

Mord haben.

JETZT!!!

Da hat sie endlich eine Idee, wie sie in Schwung kommen könnte und dann erweist sich das gleich wieder als so schwierig. Wer könnte ihr denn einen Mord verpassen? Sie überlegt angestrengt, die Stirn gerunzelt, die Zunge bewegt sich zuckend von einem Mundwinkel zum anderen. Sie hat doch schon mal etwas gehört oder gelesen. Oder war es gar eine andere Geschichte gewesen, die ihr davon erzählt hat?

Manchmal traf sie sich mit anderen unfertigen Geschichten, um zu plaudern und ihr langweiliges Dasein etwas aufzulockern. Oder um sich gegenseitig aufzumuntern, wenn eine von ihnen schon lange nicht mehr bearbeitet worden war. Allerdings nur, wenn ihre Verfasser nichts davon merkten. Das konnte manchmal ganz schön knifflig sein, weil sich diese Verfasser – fast alle – jedes Recht zur freien Zeiteinteilung herausnahmen. Die wenigsten hielten sich an fest vorausplanbare Schreibzeiten von 8 bis 12 Uhr oder so... Anscheinend soll es früher schon zu Streitgesprächen darüber gekommen sein, dass die Geschichten selbst nie gefragt wurden, ob ihnen der Zeitpunkt für eine Weiterentwicklung genehm wäre oder ob sie einen anderen vorziehen würden. Aber die aufmüpfigen Geschichten wurden jedes Mal aufs Neue einfach ignoriert, totgeschrieben oder einfach nicht mehr fortgesetzt! Was für ein grausames Schicksal, sein Dasein einfach so unfertig bis in alle Ewigkeit fristen zu müssen. Nie zu Ende geschrieben, überarbeitet, korrigiert oder gelesen zu werden! Die Geschichte schüttelt es bei dieser Vorstellung.

Ups.

Das war aber ein kräftiger Schüttler!

Hoffentlich hat sie nichts durcheinandergebracht. Einmal, nach einer kräftigen Niesattacke, waren zwei Handlungsstränge vertauscht gewesen. Das war damals gar nicht angenehm. Vor allem das Entwirren tat richtig weh. Auch ihr Verfasser stöhnte und fluchte zu dieser Zeit extrem oft, was für ihn sehr untypisch war, weil er doch sonst so viel Wert auf gutes Benehmen legte.

Der Verfasser! Ja, genau!

Er ist es, der ihr einen Mord verpassen kann. Nur, wie soll sie ihn dazu bringen? Ist er doch so ein furchtbar langweiliger Mensch ohne die geringste Phantasie! Aber immerhin ist sie eine Geschichte mit guten Beziehungen. Sie würde sich einfach an die Realität wenden. Die kannte und mochte sie, seit sie denken konnte. In gewissen Punkten waren sie sich so ähnlich, dass man sie für Zwillingsschwestern hätte halten können.

Für eine gute Idee war die Realität immer zu haben, auch wenn sie es gar nicht schätzte, mit einer Geschichte verglichen zu werden, aber wer machte das schon!

Sie erzählt ihr von ihrer Idee, und die Realität nickt lächelnd. Das sei überhaupt kein Problem, antwortet sie, sie wisse schon, was zu tun sei.

Am nächsten Tag setzt sich der Verfasser der Geschichte gerade an seinen Platz, um mit dem Schreiben fortzufahren, als plötzlich lautes Kindergeschrei aus dem Nachbarhaus ertönt. Kurz zuckt er zusammen, schüttelt dann aber leicht den Kopf, als wolle er das Missbehagen, das ihm dieses Geschrei bereitet, abschütteln. Er konzentriert sich und wendet sich abermals seiner Geschichte zu. (Die mochte das übrigens sehr gerne, wenn sie seine volle Aufmerksamkeit bekam, aber wer mag das nicht?)

Er liest noch einmal die letzten paar Sätze durch, die er geschrieben hat und setzt eben zum Weiterschreiben an, als sich das Kindergebrüll von nebenan verdoppelt.

Ach ja, die zwei jungen Paare nebenan hatten ja beide im Abstand von nur vier Monaten Nachwuchs bekommen. Die schreien jetzt Beide. Er atmet tief ein und aus und versucht sich zu sammeln. Das Geschrei wird lauter, und eine der beiden Stimmen beginnt sich zu überschlagen. Mühsam formuliert er ein paar Sätze. Dann endlich... Ruhe! Lächelnd richtet er sich auf und will gerade schwungvoll weitermachen, da wirft sein Nachbar den Rasenmäher an. Er spürt, wie sich seine Finger um den Bleistift verkrampfen. Sehr angestrengt schreibt er trotzdem weiter. Doch als hätte sich die ganze Welt gegen ihn verschworen, kommt eine Störung nach der nächsten. Auf den Rasenmäher folgen die Mormonen, die bei ihm klingeln, und zwei Sätze später hupt eine Autoalarmanlage ihn beinahe um den Verstand. Gerade als sie nach ewig scheinenden sieben Minuten verklungen ist, beginnt im Nachbarhaus wieder eines der Kinder gotterbärmlich zu schreien. Noch ehe er sich bewusst wird, was da durch seinen Kopf geht, hat seine Hand es schon geschrieben.

M O R D

steht da groß mitten in seiner Geschichte.

Und die lächelte.

Der Tag, an dem ich das Internet gelöscht habe

Ich bin – bzw. war – eine durchschnittliche Internetnutzerin. Ich sage das an dieser Stelle nur, um zu betonen, dass das, was ich getan habe, keinesfalls in böser Absicht geschah. Ich habe meine Online-Zeit nie aufgeschrieben, aber sie würde beweisen, dass das, was mir nun viele vorwerfen, nämlich dass ich willentlich, vorsätzlich oder gar auf Auftrag gehandelt hätte, nicht stimmen kann.

Dienstag, der 14. Jänner 2014, war ein seltsamer Tag. Es herrschte eine ungewöhnliche Morgenstimmung, als ich zum Bus ging, um zur Arbeit zu fahren. Nicht mehr ganz dunkel, aber statt des üblichen Morgengrauens Richtung Osten zeigte sich eine leicht gelbliche Färbung, die sich über den ganzen Himmel zog. Kaum saß ich – die Stöpsel meines MP3-Players in den Ohren – im Zug, vergaß ich jedoch, weiter darauf zu achten. Ich lauschte dem Hörbuch mit geschlossenen Augen und war völlig entspannt. Auch in den anschließenden achteinhalb Stunden meiner Arbeitszeit hatte ich nicht die Muße, mich den Wetterstimmungen zu widmen. Beim Heimkommen allerdings war sie wieder da: eine Himmelsfärbung, wie sie normalerweise einfach nicht vorkommt. Gelblich und künstlich – mit diesen Worten lässt sie sich am besten beschreiben. Künstlich gelb. Gelblich künstlich. Ein gekünsteltes Gelb. Kunstvolles Gelb. Vergilbte Kunst? Egal. Es sah seltsam aus. Unwirklich.

Zuhause dachte ich nicht weiter darüber nach. Ich war

müde und hatte keine Lust zu putzen, abzuwaschen oder sonst etwas Nützliches im Haushalt zu machen. Also setzte ich mich an meinen Laptop, startete ihn hoch und wollte die Verbindung zum Internet aufbauen.

„Verbindung fehlgeschlagen" poppte auf – komisches Fenster übrigens, grau-hellgrau, mit abgerundeten Ecken und einer seltsam dreidimensional wirkenden Schrift. Überhaupt wirkte die ganze Benutzeroberfläche anders als sonst. Zwar waren die gleichen Icons am Desktop zu sehen, aber dessen Farbe wirkte tiefer, die Grafiken plastischer – und überhaupt.

„Vielleicht ist da mal wieder so ein automatisches Update drübergelaufen, von dem ich nichts mitgekriegt habe", dachte ich bei mir. Aber egal.

Ich schloss das Fenster und versuchte erneut, ins Internet einzusteigen. Während ich darauf wartete, dass die Verbindung sich aufbaute, zogen Gedanken wie Filmausschnitte vor meinem inneren Auge vorbei. Wie eine Spinnenfrau hantle ich mich über ein riesiges, netzartiges Gebilde, das zwischen zwei – hmmm, was denn jetzt: Säulen? Zaunpfählen? Erdkugeln? Jaaa, Erdkugeln sind gut –, das sich also zwischen zwei Erdkugeln spannt, und versuche, dort einzusteigen... Allerdings trage ich dabei kein anliegendes Spiderman-Trikot, sondern eine Krachlederne und ein rot-weiß kariertes Hemd! Naja, innere Bilder eben. Die sollte man ja auch nicht immer so genau hinterfragen! Jedenfalls tauchen da immer wieder Pop-up-Fenster auf, über die ich klettern muss, was aber nicht möglich ist, weil sie so glatt sind und ich immer wieder abrutsche! Wie schon gesagt: innere Bilder halt!

Jedenfalls leuchtete mir auch in der Realität wieder so ein

blödes Fenster entgegen. Wieder „Verbindung fehlgeschlagen".

„So ein Mist", maulte ich leise vor mich hin. „Heute will es nicht so wie ich!" Unmotiviert klickte ich ein wenig auf dem Verbindungstool herum, schaute mir die Einstellungen an und... hoppla, da stimmte doch was nicht! Warum und wie auch immer sich die Einstellungen geändert hatten, war mir nicht klar, aber ich war mir sicher, da stand früher etwas anderes. Ob das an der feindlichen Übernahme der Mobilfunkanbieter lag? Vielleicht sollte das jetzt so sein. Aber funktionieren tat hier gar nichts.

Also nahm ich entnervt das Telefon in die Hand und wählte auswendig (!) – das sagt ja schon alles – die Nummer der Hotline. Nach einer vergnüglichen Viertelstunde in der Warteschleife mit abwechselndem Dauerwerbegesäusel und Tätärätätätääää-Musik wurde ich gleich mal von der ersten Mitarbeiterin, die für mich frei war, aus der Leitung geschmissen. Für den zweiten Anlauf machte ich mir eine Flasche Bier auf und kramte mit einer Hand mein beheizbares Fußbad aus dem Wandschrank. Wasser rein, Badeöl hineingeträufelt, eingeschaltet, ahhhhh, ja, so ließ es sich doch gleich viel besser in einer Warteschleife aushalten! Allerdings dauerte es dieses Mal nur noch gut zehn Minuten, bevor mir ein junger Herr mit abenteuerlichem Dialekt die richtigen Einstellungen diktierte, allerdings auch gleich darauf hinwies, dass es „sauberer" sei, das Programm erst zu löschen und dann neu und richtig zu installieren, da Änderungen bei bestehenden Einstellungen oft nicht oder nur teilweise übernommen werden könnten. „Auch gut", dachte ich bei mir, „saubere Lösungen mag ich ja grundsätzlich gerne..."

Also suchte ich erst in der Systemsteuerung – Software –

Installierte Programme – den Deinstallationsassistenten, konnte aber nichts finden. Auch gut, dann eben klassisch mit rechte Maustaste und... tatsächlich, hier erschien die Möglichkeit „löschen" zur Auswahl! Frisch-fröhlich klickte ich darauf.

Plopp: „Warnung! Sie löschen hier nur die Verknüpfung auf dem Desktop. Wenn Sie das Programm löschen wollen, geben Sie folgenden Pfad ein:

C: Programme/Internetverbindungen und Netzwerke/Internet"

Mach ich doch glatt: tipsel, tipsel, tip. So.

„Wollen Sie löschen?"

„Ja"

„Bitte wählen Sie aus:

o   Teile des angezeigten Programms? (empfohlen)

o   Alles (nur für routinierte User)"

„Alles"

„Sind Sie sicher?"

„Ja" (du elektronischer Depp – ich würde doch nicht „alles löschen" sagen, wenn ich nicht alles löschen wollen würde, also bin ich mir sicher).

„Das Löschen dieses Programms kann weitreichende Folgen für bla, bla, bla, bla, und ist unwiederbringlich verloren, bla, bla, bla, kann nicht wiederhergestellt werden"

Jetzt mal im Ernst: Haben Sie jemals eine dieser Warnmeldungen von vorne bis hinten durchgelesen UND verstanden? Ich nicht. Die wurden doch einzig und allein dafür kreiert, dass ängstliche User sich nicht trauen, vorinstallierte, mistige Programme zu entfernen und durch womöglich höherwertige und anwenderfreundlichere der Konkurrenz zu ersetzen!

Langer Rede kurzer Sinn, ich habe dreimal, fünfmal oder siebzehnmal auf „Bestätigen" oder „löschen bestätigen" oder „alles löschen bestätigen" oder sonst was geklickt, ohne weiter mitzulesen.

Plopp-popp! Ein neues Fenster erschien mit der Meldung: „Löschvorgang gestartet"

Und dann sah ich zu, wie viele, viele kleine Icons von Bildern und docs etc. (das musste auch eine dieser Neuerungen sein) in Richtung eines riesigen Mülleimers flogen, aus dem bläulich-gelbe Flammen züngelten.

„Wirkt viel realistischer als der frühere, leicht bieder wirkende Papierkorb", dachte ich bei mir. Die Geschwindigkeit erhöhte sich derart, dass ich gar nicht mehr zuschauen konnte, weil mir richtiggehend schwindlig dabei wurde. Aus den Augenwinkeln wirkte es, als ob die gesamte Benutzeroberfläche von den vier Ecken des Bildschirms aus zu dem Verbrennungsofen gesaugt und darin verbrannt würde. Ich verlor das Zeitgefühl, mein Blick war aus dem Fenster gerichtet. „Seltsam", dachte ich mir, „der Himmel wirkt noch immer so gelb wie heute Morgen, obwohl es doch schon dunkel ist." Wie lange ich so saß, weiß ich nicht mehr. Als mein Blick zurück zum Bildschirm ging, war er leer. Schwarz. Tot.

Nur in der Mitte prangte wieder eines dieser seltsamen Pop-up-Fenster:

„Internet gelöscht von Marion Müstiger,
am 15. 1. 2014 um 0 Uhr.
Keine Wiederherstellung möglich"

Uupsi! Das war wohl doch etwas zu viel des Guten. Ich

bewegte die Maus, um das Fenster weg- und den Verbrennungsofen anzuklicken. Der Cursorpfeil bewegte sich zwar noch brav hin und her, aber an dem Fenster ließ sich nichts verändern. Auch der Ofenmüll tauchte nicht mehr auf. Da gab es wohl eine sehr gut funktionierende Selbstzerstörungsfunktion. Mist!

Mein Telefon läutete. Was denn? Um Mitternacht? Ich ging dran. Eine Männerstimme brüllte mir ins Ohr. „SIND SIE WAHNSINNIG??? WAS HABEN SIE GETAN???" Ich legte auf. Sofort klingelte es wieder. Ich nahm ab. „Are YOU Marion Müstiger? What the hell did you..." Ich legte auf, schaltete das Telefon aus, löschte das Licht und schaltete den Computer und alles andere aus, was mich hätte verraten können.

Dann setzte ich mich mit einer Wasserflasche und zwei Decken in den Keller und wartete, bis die Nacht vorbei war. Um acht Uhr morgens schaltete ich das Telefon wieder ein, ignorierte das Läuten und rief bei der Bezirkshauptmannschaft an. „Guten Morgen, mein Name ist Marion Müstiger, und ich wollte mich über die Möglichkeit einer Namensänderung erkundigen", sagte ich vorsichtig. Der Beamte hörte meinen Namen und sagte sofort: „Aber selbstverständlich, Frau Müstiger, in Ihrem Fall liegt eine Dringlichkeit vor, die es uns erlaubt, Ihre Namensänderung sofort und ohne Gegenprüfung durchzuführen. Haben Sie sich denn schon einen neuen Namen ausgesucht?" Ich atmete hörbar auf. „Ja", sagte ich „ich würde gerne..."

Nein – diesen Namen, den ich seit diesem Tag trage, verrate ich Ihnen ganz sicher nicht!

Das Erwachen

Eines Morgens flog ich kurz nach dem Aufstehen über eine saftige, grüne Wiese. Erstaunt stellte ich fest, dass sich in regelmäßigen Abständen kreisrunde Vertiefungen zeigten. Ich begann, die Wiese in systematischen Kreisen abzufliegen, um das Ausmaß dieser Verformungen besser einschätzen zu können. Was mochten sie bedeuten? Wohnte da jemand? War in der Nacht hier ein kleines Volk am Werke gewesen? Nach einiger Zeit landete ich in einem Areal, das das dichteste Vertiefungsaufkommen hatte, und betrachtete einige dieser Vertiefungen aus der Nähe. Es waren nahezu vollkommen regelmäßige Kreise, alle in der gleichen Größe. Die Vertiefung maß in jedem Kreis zwischen 24 und 59 cm. Das Interessante daran war, dass die Wände der Vertiefungen nicht, wie es zu erwarten gewesen wäre, aus Erdreich bestanden, sondern ebenfalls aus dicht bewachsener Wiese, deren Besonderheit darin lag, dass alle Grashalme, Blätter und sogar die vereinzelten Blumen nicht nach oben, dem Licht entgegen wuchsen, sondern im rechten Winkel abstanden, als gelte in dieser Vertiefung ein völlig anderes Naturgesetz. Ich wanderte von Kreis zu Kreis und fand schließlich einen, der mir sehr freundlich zu sein schien, sprang hinein und legte mich genau in die Mitte.

Ich blickte nach oben in den Himmel und versuchte, die außer Kraft gesetzten Naturgesetze zu vergessen. Je länger ich da lag, desto stärker hatte ich das Gefühl, in einer Energiekammer zu liegen. Von allen Seiten her durchströmte mich sehr zarte, angenehm lebendige Energie. Ich fühlte mich wie eine leere Batterie, die gar nicht wusste, dass sie zuvor leer gewesen war und die nun auftankte, aufsog und sich völlig durchströmen ließ. Je länger ich da lag, desto mehr Veränderungen spürte ich in meinem Körper, es fühlte sich an, als würden Millionen kleiner Blütenknospen sich öffnen. Ganz langsam begann dieses innere Erblühen, wurde dann immer schneller, stärker und intensiver, bis es nach einer Weile den Höhepunkt überschritten hatte und langsam wieder abflaute. Ganz vereinzelt war noch das eine oder andere Aufblühen zu spüren, dann – tiefe Ruhe. Ich nahm einen tiefen Atemzug und erwachte.

Hermann auf dem Baum

Hermann sitzt auf dem Baum und schaut auf die Menschen, die unter ihm auf dem Weg zur Arbeit sind. Er hat Zeit, denn er hat heute Morgen beschlossen, nicht zur Arbeit zu gehen, sondern sich stattdessen auf einen Baum zu setzen und den anderen zuzusehen, wie sie in die Büros hasten.

Er ist eine Station früher aus der Straßenbahn ausgestiegen, hat dann ein paar kleinere Straßen überquert und ist schließlich am Stadtpark angelangt. Er hat sich einen schönen, großen Baum ausgesucht, auf den er dann – die Aktentasche zwischen die Zähne geklemmt – geklettert ist. Ja, klettern konnte er schon als kleiner Bub so gut, dass er damit oft seine Eltern zur Verzweiflung gebracht hat.

Der Baum steht ganz am Rande des Parks, sodass er einen guten Blick auf den Gehsteig der angrenzenden Straße hat. Jetzt sitzt er da, zwischen den Ästen und den Blättern und ist recht zufrieden mit sich und seiner Umgebung. Seltsam, die Gesichtsausdrücke der Menschen, die da so dahineilen. Ob sie ahnen, dass sie beobachtet werden? Wahrscheinlich nicht, sonst würden sie wohl freundlichere Gesichter machen. Hermann macht ein freundliches Gesicht, auch wenn ihn keiner sehen kann. Wer weiß!

Er hat sich einen angenehm warmen Herbsttag für seinen Baumausflug ausgesucht und freut sich über die Sonnenstrahlen, die zwischen die Blätter hindurch auf ihn fallen. Mit leichtem Bedauern stellt er fest, dass es wohl schon bald 8 Uhr sein muss. Der Menschenstrom auf dem Gehsteig nimmt ab, und auch der Verkehr auf der Straße scheint langsam, aber sicher lockerer und flüssiger zu werden. Schade, gerne hätte Hermann noch länger die beobachtet, die nicht dieselbe gute Idee wie er gehabt haben. Einfach mal einen Tag zu schwänzen und etwas zu tun, was er sein ganzes Leben lang noch nicht getan hatte. Was er morgen im Büro erzählen würde, war ihm jetzt noch egal. Er hatte noch nie einen Fehltag gehabt, also konnte sich wohl niemand aufregen, wenn er einmal ausfiel.

Als Hermann nicht mehr so viele Leute beobachten konnte, fiel ihm auf, dass sein Rücken schmerzte. Er saß wohl doch nicht so bequem, wie er anfangs gedacht hatte. Er stopfte seine Aktentasche zwischen sich und den Ast, nahm zuvor allerdings noch sein Jausenbrot und seine Thermoskanne mit dem süßen Tee heraus.

Erst mal wollte er gemütlich frühstücken und dann entscheiden, was er mit dem so gewonnenen freien Tag anstellen würde.

Und, wer weiß, vielleicht würde er ja auch einfach sitzen bleiben und warten, bis all die Menschen ihre Arbeit beendet haben und wieder nach Hause strömten.

Er hatte ja alle Möglichkeiten dieser Welt.

Eine kleine grüne Schildkröte

„Eine kleine grüne Schildkröte."

Hoppla, was war denn das? Sie schluckte. Hatte sie das wirklich gerade gesagt? Sie räusperte sich und schluckte erneut. Sie stand in ihrer Lieblingsbäckerei und wollte gerade dieses wunderbare Gerstenbrot kaufen. Die Verkäuferin sah sie etwas irritiert an.

„Wie bitte?"

„Eine kleine grüne Schildkröte."

Schon wieder? Was war denn das? Sie konnte nichts anderes mehr sagen! Aber denken konnte sie noch. Ich will ein Gerstenbrot, dachte sie verzweifelt und schaute nervös nach links, wo eine junge Frau betont desinteressiert in die andere Richtung blickte. Wahrscheinlich musste sie sich das Lachen verkneifen. Dann blickte sie wieder auf das Brot in dem Regal und deutete mit dem Finger in dieselbe Richtung. Die Verkäuferin sah sie mit gerunzelter Stirn an.

„Ist alles in Ordnung?"

Sie nickte und deutete nochmals auf das Brot. Die Verkäuferin griff danach und fragte: „Eines?"

Sie nickte. Nur nichts mehr sagen. Schweigend und mit hochrotem Kopf suchte sie das Geld passend aus ihrer Geldbörse und legte es auf die Schale am Tresen. Sie lächelte verlegen, nickte und hob grüßend die Hand, bevor sie möglichst schnell den Verkaufsraum verließ. Draußen schnappte sie ihr Fahrrad, stieg auf und fuhr auf direktem Weg nach Hause. Dort packte sie erst das Brot aus, verräumte ein bisschen Geschirr, das in der Küche herumstand – alles schweigend. Sie hatte Angst, den Mund zu öffnen. Angst davor, was passieren würde, wenn sie versuchte, einen Ton zu sprechen. Ein Wort. Einen Satz. Was würde passieren?

Irgendwann hielt sie es nicht mehr aus. Sie setzte sich auf ihre Couch – sie wollte nicht stehen, weil sie befürchtete, wenn wieder dieser Satz aus ihr herauskam, würde sie vor Schreck tot umfallen. Also lieber im Sitzen sterben.

Sie saß. Sie bildete die Worte in ihrem Kopf.

Ich kann sagen, was ich will.

Ok. Innerlich funktioniert es ja. Jetzt laut.

„Eine kleine grüne Schildkröte."

Sie saß da wie erstarrt. Sie musste entweder träumen oder einen Schlaganfall gehabt haben oder einen Hörsturz oder einfach nur im falschen Film gelandet sein. Was passierte da mit ihr? Sie spürte ihr Herz rasen. Ihr war heiß.

Okay, dachte sie bei sich. Es ist ja nichts Schlimmes. Ich kann denken, ich kann gehen, stehen, atmen, essen und trinken. Nur mit dem Reden hapert es gerade ein bisschen, aber davon geht die Welt nicht unter. Das half aber nur sehr bedingt, sie zu beruhigen. Sie begann, auf und ab zu gehen. Dann nahm sie das Telefon zur Hand, legte es aber gleich wieder weg. Blöde Idee. Wem würde sie denn von der kleinen grünen Schildkröte erzählen? Und was?

Da kam ihr eine Idee. Sie setzte sich wieder hin und dachte ganz intensiv an die Worte: Eine kleine grüne Schildkröte. So und jetzt laut: „Eine kleine grüne Schildkröte."

Gut, so weit war sie heute noch nicht. Also ging es weiter. Erst der Gedanke: Eine kleine grüne Schildkröte geht mir nicht mehr aus dem Kopf.

Jetzt laut: „Eine kleine grüne Schildkröte."

Okay. Es war ein Versuch. Hat dann nicht so funktioniert, wie sie wollte. Aber die Idee war gut. Fand sie. Wobei – jetzt würde sie vielleicht doch fachliche Hilfe in Anspruch nehmen. Nur wo? Bei wem? Wen rief man in einem solchen Fall an? Einen Neurologen? Einen Sprachtrainer? Einen Psychiater? Und was sollte sie am Telefon sagen? Naja. Diese Frage erübrigte sich zumindest. Sie musste schreiben. Sie hoffte inniglich, noch schreiben zu können. Sie versuchte es. Nahm einen Bleistift, der auf dem Tisch lag, den kleinen Post-it-Block und schrieb.

Ich kann schreiben, was ich will.

Puhhhhhh. Ein Stein fiel ihr vom Herzen. So hatte sie eine Möglichkeit, mit ihrer Umwelt zu kommunizieren. Sie stand auf, holte einen Collegeblock und schrieb weiter.

Heute ist Donnerstag, der 26.6.2014. Ich war arbeiten wie gewöhnlich, fuhr nach Hause und bemerkte beim Einkaufen in der Bäckerei, dass ich, egal was ich sagen wollte, nur noch den Satz „Eine kleine grüne Schildkröte" sagen kann. Ich ging nach Hause und versuchte, etwas anderes zu sagen, was mir nicht gelang. Schreiben kann ich noch. Ich bin ratlos.

Sie blickte auf den Zettel vor sich und las: Heute ist Donnerstag, der 26.6.2014. Ich war arbeiten wie gewöhnlich, fuhr nach Hause und bemerkte beim Einkaufen eine kleine grüne Schildkröte eine kleine grüne Schildkröte eine kleine grüne Schildkröte eine kleine Danach folgte noch eine Zeichnung einer Schildkröte.

Jetzt verlor sie die Nerven, sie sprang auf, Tränen schossen ihr in die Augen, und sie stieß einen Schrei aus. Sie wollte so gerne NEIN schreien, wagte es aber nicht, zu versuchen, dieses Wort zu artikulieren. Sie schrie, bis sie nicht mehr konnte, hockte auf dem Boden und heulte vor Wut und

Verzweiflung.

Über eine Stunde saß sie einfach nur da, ließ den Kopf hängen und atmete schwer. Dann stand sie auf. Sie versuchte sich zusammenzureißen. Eine neurologische Störung. Ganz sicher. Sonst war sie gesund und lebensfähig. Sie ging in die Küche, holte sich einen Krug mit frischem, klarem Wasser und schnitt sich ein paar Scheiben Brot ab. Die bestrich sie mit Butter, streute ein wenig Schnittlauch darüber und nahm alles mit ins Wohnzimmer. Während sie aß und trank, versuchte sie, möglichst ruhig und entspannt zu bleiben, aus dem Fenster zu sehen, ein paar Postwurfsendungen durchzublättern und an nichts Spezielles zu denken. Sie versorgte das Geschirr und nahm das Buch, das sie gerade las, mit zu ihrem Entspannungssessel. Sie zog sich eine Decke über die Füße, weil ihr beim Lesen leicht kalt wurde. Bevor sie das Buch aufschlug, lehnte sie den Kopf zurück und schloss die Augen. Sie ging in Gedanken diesen Nachmittag zurück. Was war geschehen? Sie war wie immer mit dem Zug um 17 Uhr am Bahnhof angekommen, zur Bäckerei gegangen – und da war es passiert. Woher kamen diese Worte? Sie wollte sie sich gar nicht vorstellen oder gar aussprechen. Im Zug hatte sie heute ausnahmsweise nicht gelesen, weil das Buch zu Hause liegen geblieben war. Stattdessen hatte sie sich auf einen freien Fensterplatz gesetzt und mit halb geschlossenen Augen auf die Graffitis an den Lärmschutzwänden geschaut, bevor sie etwas eingenickt war.

HA! Das musste es gewesen sein! Sie erinnerte sich ganz deutlich. Bevor ihr die Augen zugefallen waren, hatte sie die Zeichnung einer grünen Schildkröte gesehen. Danach war sie eingeschlafen. Sie war ganz aufgeregt. Wieso sie jetzt nur noch diese vier Worte sagen konnte, wusste sie zwar immer noch nicht, aber wenigstens, woher sie kamen! Sie saß kerzengerade in dem bequemen Lehnstuhl. Sie konnte ja versuchen, jetzt wieder einzunicken, und würde zuvor wieder ihre Blicke schweifen lassen. Nur, blöderweise war sie durch diese Erkenntnis gerade hellwach und keinesfalls schlafbereit geworden. Also versuchte sie, mit Atemübungen in eine ruhigere Stimmung zu kommen. Aber dauernd kam ihr diese Zugfahrt in den Sinn. Sollte sie vielleicht versuchen, nochmals die gleiche Strecke abzufahren und das Gleiche zu tun wie heute Nachmittag? Das war die Idee. Vielleicht war ihr Sprachvermögen ja irgendwo hängen geblieben und durch die Wiederholung der Strecke konnte sie es wieder mitnehmen. Schnell schnappte sie sich ihre Tasche und eine Jacke und schwang sich aufs Fahrrad. Erst am Weg zum Bahnhof fiel ihr ein, dass die Züge ja nicht alle zehn Minuten fuhren, sondern nur zweimal in der Stunde. Egal. Lieber saß sie am Bahnhof und wartete, als dass sie nur herumsaß und grüne Schildkröten plauderte.

Sie hatte Glück. Auf den Zug stadteinwärts musste sie nur zwölf Minuten warten. Sie fuhr mit ihm eine Station weiter, als sie musste und versuchte, möglichst locker nach draußen zu sehen. Wo genau war dieses Graffiti gewesen? Es musste ziemlich nah am Einstiegsbahnhof sein, denn lange war sie nicht wach geblieben. Auf welcher Seite des Zuges war sie auf der Heimfahrt gesessen? Rechts. Ganz sicher rechts, weil sie gerne auf der Seeseite saß. In die Stadt – links, nach Hause – rechts. Also musste sie jetzt… hmmm. Ob wohl die Hinfahrt auch schon wichtig war? Oder sollte sie eher so tun, als sei nichts geschehen und dann erst bei der Heimfahrt versuchen, ihr

Sprachvermögen wiederzufinden? Sie war schon wieder aufgeregt. Schluss jetzt – ermahnte sie sich selbst. Sie lehnte sich zurück und schloss die Augen. Das regelmäßige Rattern des Zuges half mit, und sie döste ein wenig vor sich hin. Bei den Haltestellen hörte sie gelegentlich die Zugtüren sich öffnen und schließen, sonst blieb es ruhig. Auf einmal hatte sie das Gefühl, beobachtet zu werden. Die Augen ließ sie geschlossen, aber dafür lauschte sie umso aufmerksamer in die Geräuschkulisse. Hatten sich die Schiebetüren bewegt? Sie glaubte nein. Der Zug fuhr wieder an, das Gefühl blieb. Also konnte es niemand am Bahnsteig gewesen sein. Betont unauffällig hob und senkte sie ihre Schultern, streckte sich ein wenig und öffnete langsam die Augen, wobei sie ihren Blick mit Absicht in Richtung Fenster lenkte. Sie sah allerdings nicht hinaus, sondern versuchte in der Scheibenspiegelung zu erkennen, ob außer ihr sonst noch jemand im Waggon war. Sie sah nichts.

Plötzlich räusperte sich jemand neben ihr. Sie zuckte zusammen, ihr Kopf flog um hundertachtzig Grad herum. Was sie sah, ließ sie gleich noch einmal zucken, und auch ein kurzer Schrei entfuhr ihr. Auf dem Sitzplatz neben ihr saß ein kleines, völlig verhutzeltes, grünliches Wesen, das sie spontan als Gnom bezeichnet hätte. Sie klebte beinahe am Fenster – bei dem Versuch, diesem Wesen nicht zu nahe zu kommen.

„Hallo, ich dachte schon, du würdest mich bis nach Salzburg ignorieren", sagte dieses jetzt in einer ekelhaft elektronisch klingenden Stimme.

Ich träume. Ich sitze im Zug, bin eingeschlafen und träume, war ihr erster Gedanke. Das kann doch alles gar nicht wahr sein.

Schnell blickte sie nach links und vorne, ob da noch jemand im Zug saß, sah aber niemanden. Na super. Beim Einsteigen hatte sie sich noch ganz bewusst den leeren Waggon ausgesucht. Das hatte sie jetzt davon, dass sie immer so sehr auf ihre Ruhe bedacht war.

„Keiner da", kam es jetzt von dem Gnom, „ich mag es nicht, soviel Aufmerksamkeit zu erregen." Er sah sie beinahe schon freundlich an. „Du hast ein Problem mit deiner Sprache, habe ich gehört."

Sie schluckte. Was sollte sie sagen? Was wollte sie sagen? Woher weißt du das? Wer bist du? Träume ich? So vieles lag ihr auf der Zunge, aber nach den Erlebnissen von vorhin wagte sie es nicht, laut zu sprechen.

„Schon gut, du musst nichts sagen. Aber es würde wieder funktionieren, soviel kann ich dir verraten." Der Gnom lehnte sich bequem zurück und blickte zur Decke. „Manchmal muss man euch Menschen mit ein wenig Theatralik aus eurem gewohnten Alltag herausreißen, sonst würdet ihr uns gar nicht wahrnehmen. Hat bei dir doch gut geklappt!" Er bleckte seine Zähne. Sie zuckte abermals zurück. War das eine Drohgebärde? Sollte das ein Grinsen darstellen? Sie spürte, wie der Schweiß ihren Rücken hinunter lief. Auch ihre Hände waren nass, aber eiskalt. Ihr Herz pochte laut.

„Jetzt entspann dich doch erst mal. Ich tu dir ja nichts." Der Gnom schloss die Augen und schien einzudösen. Sollte sie versuchen, über ihn drüberzusteigen und davonzulaufen? Sie scheute sich, dem Wesen so nahe zu kommen. Was, wenn es sie packte und... Ja was? Biss? Festhielt? Was sollte passieren? Sie war mehr als doppelt so groß wie „es" und bestimmt dreimal so schwer. Aber das war in diesem Fall wohl nicht ausschlaggebend. Es war erschienen und war eindeutig nicht einfach nur von dieser Welt. Wer konnte da wissen, welche Kräfte es besaß!

„Wer bist du?" Wow! Sie konnte ja wirklich wieder sprechen!

Es öffnete das rechte, ihr zugewandte Auge und sagte: „Na, da hat jemand seine Sprache wiedergefunden – ich gratuliere!" und schloss das Auge wieder.

Sie war perplex. Einerseits, weil sie wieder sprechen konnte, andererseits, weil es ihre Frage so offensichtlich ignorierte! Jetzt wurde sie wütend.

„Könntest du mir bitte sagen, was das alles hier soll?", fragte sie jetzt schon ein wenig lauter.

Der Gnom öffnete die Augen und sagte: „Da musst du selbst drauf kommen. Achte auf die Bilder."

Welche Bilder, dachte sie noch bei sich, wandte dann aber ihren Kopf automatisch den Graffitis zu, die draußen vorbeisausten. Da war sie – die kleine grüne Schildkröte. Sie schaute fröhlich in ihre Richtung und schien auf sie gewartet zu haben. Sie wandte den Kopf, um das Wesen zu fragen, worauf sie denn genau achten sollte, aber es war nicht mehr da.

Das Sternenkind

Sie liebt die Sterne
Liebt es, sie anzuschauen, abends, bevor sie einschläft
Dazu hat sie oft Gelegenheit. Meistens
Sie schläft nämlich „auf der Straße"
Dabei stimmt das gar nicht – sie wohnt am Feld, im Wald
Oder sie geht in eine Scheune
Wenn es zu kalt wird, fliegt sie zu den Sternen
Auch wenn die Polizei kommt, das Jugendamt, die
Streuner
Die Frau, die sagt, ein fünfjähriges Mädchen könne nicht
alleine auf der Straße leben
Sie hält sich fern von den Straßen
Sie mag die Autos nicht – die sind ihr zu schnell, zu laut,
und sie stinken
Und die Menschen, die sie lenken, sind alle tot

Bevor sie einschläft, blickt sie in den Himmel
Wenn sie Hunger hat, geht sie in die Stadt. Dort gibt es ein
koreanisches Lokal, in dem sie immer eine Suppe
bekommt
Der Koch ist lieb, aber sie fürchtet sich vor dem Besitzer

Wenn sie zu den Sternen fliegt, kann sie noch für kurze Zeit
zurückblicken
Dann blickt sie nach unten auf die Erde
Auf den Platz, an dem sie eben noch gelegen hat
Sie sieht den Karton, der ihr als Schutz dient

Und die Menschen, vor denen sie flieht

Das geheime Leben der verloren geglaubten Daten

Jeder spricht von Datenautobahnen, Datenübertragungen, Datenwiederherstellung, Datenroaming, Datenverarbeitung und gelegentlich auch von Datenschutz. Aber hat sich schon mal jemand überlegt, wohin diese Daten gehen, wenn sie nicht mehr gebraucht werden? Wenn man sie löscht, oder noch interessanter: wenn sie verloren gegangen sind? Ich stelle mir gerne vor, wie so ein kleines Datenpaket – sagen wir, das eines E-Mails – aus Unachtsamkeit oder gar aus reinem Übermut nicht den Weg einschlägt, der ihm vorbestimmt war, nämlich denjenigen, der es direkt zum Empfänger bringen würde. Nein, denkt es sich, ich mach heute mal was anderes, ich bieg hier einfach links ab, statt geradeaus auf der langweiligen Datenautobahn zu bleiben. Mal sehen, was da drüben so abgeht!

Wusch und weg. Vielleicht ist es dort links ja fürchterlich langweilig, und das Datenpaket kehrt reumütig zu seinem ursprünglich vorgesehenen Weg zurück und landet – mit einiger Verspätung – doch noch beim Empfänger.

Vielleicht verläuft es sich aber auch und findet den Weg nicht mehr, irrt herum und bleibt irgendwann völlig erschöpft, entkräftet und vielleicht sogar dehydriert auf der Strecke! Kommt dann die Datenpolizei und bringt es zurück? Sperrt sie es gar ein, weil es so dreist war, den Auftrag der ihm gegeben wurde, nicht zu erfüllen? Lassen sie es liegen, weil sie sich denken: Die nächste

Datenträgerbereinigung kommt bestimmt, also erledigt sich dieses „Problem" bald von selbst? Oder landen solche Daten vielleicht irgendwann im Datennirvana, in dem es entgegen allen Erwartungen sehr fröhlich zugeht?

Ich stelle mir gerne eine Datenparallelwelt vor, in die solche verloren geglaubte Daten auswandern. Das sind die, die einfach die Nase voll haben – von dem dauernden Herumgeschicktwerden und vom Komprimiertwerden – und die sich auch keiner Überprüfung mehr stellen wollen. In dieser Parallelwelt gibt es kleine Datenhäuser, in denen sie leben, Datenshops, in denen sie einkaufen, und natürlich Datenparks, wo sie ihre Freizeit verbringen können. Was das Schönste an dieser Parallelwelt ist, ist ein kleines Datenfenster, von dem aus sie ihren Verwandten, die sich noch nicht abgesetzt haben, bei der Arbeit zusehen können. Es würde ihnen theoretisch auch erlauben, in die Datenwelt des 21. Jahrhunderts zurückzukehren, aber dazu konnte sich meines Wissens noch kein einziges Dat entscheiden!

Vier-Drei-Viertel

„Nimm ihn, du Sauhund!", schrie sie, während sie mit wütenden Auf- und Abbewegungen seine Asche aus der Urne schüttelte. „Nimm ihn gefälligst ganz, wenn du ihn mir schon nicht lassen konntest!"

Sie schluchzte trocken. Sie hatte keine Tränen mehr. Nur noch Wut und Zorn. Diese unbändige Wut auf das Leben. Diesen Zorn auf das, was gemeinhin als Schicksal bezeichnet wird.

Immer noch hielt sie die Urne mit beiden Händen fest. Ihre Fingerknöchel waren ganz weiß vor lauter Anstrengung, so verkrampft waren sie.

Sie stand auf dem Gipfel des Hausberges, auf dem sie vor 25 Jahren ihren ersten Kuss bekommen hatte.

Auf dem Gipfel, auf den sie gegangen war, als ihre Ehe mit Markus nach elf Jahren zerbrach – 18 Jahre nach seinem Kuss am Hausberg.

Danach hatte sie ihn gemieden. Den Gipfel, nicht Markus. Sie war sowieso keine begeisterte Wandersfrau. Sie hatte nie aufgehört, den Hügel, wie sie ihn ganz gerne abschätzig bezeichnete, mit ihrer Jugendliebe, ihrer zerbrochenen Ehe und ihrer daraus resultierenden Suchterkrankung in Verbindung zu sehen. In die war sie dank des unfähigen Dorfarztes geraten, der ihr in ihrem Trennungsschmerz nach der Scheidung die stärksten Beruhigungstabletten verschrieben hatte, die damals auf dem Markt legal zu bekommen waren. Dann bemerkte er, dass sie unter deren Einfluss wohl nie aus ihrer

Krankschreibung entkommen würde, da sie die Tage zugedröhnt im Bett verbrachte, und verschrieb ihr zusätzlich Captagon und andere Aufputscher, damit sie wieder zur Arbeit gehen konnte.

Wie ein Zombie existierte sie auf diese Art die nächsten vierdreiviertel Jahre. Nur die Dosis musste sie ständig erhöhen, da die Aufputscher bei ihr Angstzustände und Panikattacken auslösten, die sie nur mit noch mehr Beruhigungsmitteln in den Griff bekam. Das wäre wohl noch länger so weiter gegangen, wenn ihr nicht – nach eben diesen vierdreiviertel Jahren – ein kleiner Junge, der auf den Tag genau vierdreiviertel Jahre alt war, mit dem Tretroller vor ihr Auto gefahren wäre, was seinen Tod, eine Anzeige, ihre Verhaftung, ein Drogenscreening und gerichtlich verordneten Entzug in einer geschlossenen Abteilung nach sich gezogen hatte.

Nach der Entlassung stand sie vor den Scherben ihrer Existenz. Ihre Wohnung und ihre Arbeit waren ihr gekündigt worden, sie wusste nicht, wohin und was als Nächstes zu tun war. Sie blieb zehn Schritte nach dem Kliniktor stehen und sah nach links und rechts. Überlegte, wohin sie gehen sollte, wozu sie überhaupt gehen sollte, ob sie gehen wollte und konnte. Diese vielen Fragen überforderten sie.

Also stand sie auch noch eine knappe Stunde später an der gleichen Stelle, als einer der Pfleger, der gerade seinen Dienst beendet hatte, von hinten auf sie zuging und sagte: „Die ersten paar Schritte sind immer die schwersten. Wenn du magst, gehe ich sie mit dir."

Sie blickte ihn verwundert an und nickte dann zögerlich. Er ging mit ihr bis zur Nachbetreuungsstelle, wo sie Unterstützung bei der Wohnungs- und Arbeitssuche bekam, ging mir ihr danach bis zu ihrer vorübergehenden Unterkunft in einem Kolpinghaus, ging mit ihr noch viele erste Wege „danach", bis sie sich selbst wieder sicher genug fühlte, alleine zu gehen.

Dann gingen sie noch vierdreiviertel Jahre gemeinsam durchs Leben, bis er an einem sternenklaren Augustmorgen befand, er wolle jetzt auf den Hausberg, um dort den Sonnenaufgang zu bewundern. Sie hatte keine Lust, sich um Viertel vor fünf schon aus dem Bett zu quälen und blieb liegen. Außerdem wäre er alleine auch viel schneller auf dem Gipfel, dachte sie noch, während er genau dort von einem morschen Ast am Kopf getroffen wurde, den eine Windbö abgerissen hatte und laut Pathologen auf der Stelle tot war.

Die Fragen

Wozu das alles? Wozu der ganze Aufwand? Wieso anstrengen, wieso sich mühen? Weshalb nicht einfach liegen bleiben, stillhalten, warten, bis es vorbei ist? Vielleicht würde es niemandem auffallen, wenn sie flach atmend, die Augen geschlossen, einfach aufgäbe.

Sie dachte an zu Hause. An ihre heißgeliebte Couch, die schwere rote Webdecke darauf, die vielen Kissen in unterschiedlichen Größen, die darauf verteilt waren und nur darauf warteten, von ihr in eine Position geschoben zu werden, die es ihr erlaubte, sich anzulehnen, einzukuscheln und zu entspannen. Die Sehnsucht danach tat richtig weh. Na gut, das lenkte sie zumindest von den Schmerzen hier ein wenig ab. Sie versuchte sich noch mehr Details ins Gedächtnis zu rufen. Der Glastisch, darauf liegend das Buch, das sie gerade las, zwei Kugelschreiber, die sie sich vor Kurzem freudigst im Schreibwarengeschäft am Salzburger Hauptbahnhof gekauft hatte, nachdem sie von einer von ihr sehr verehrten Schriftstellerin gelesen hatte, dass auch sie der Sammel- und Kaufwut bei Schreibutensilien erlegen war.

Wie lange war das her? Ein oder zwei Wochen – ihr kam es in ihrer momentanen Situation allerdings vor wie Lichtjahre. Lichtjahre, die zwischen damals und ihrem jetzigen Zustand lagen. Wie war sie nur hierher geraten? Was nur hatte sie verbrochen, dass sie nun so leiden musste? Der Schweiß tropfte ihr von der Stirn. Na, das war eigentlich noch untertrieben. Er floss in Strömen. Sie roch. Ihre Kleidung roch. Zwar hatte sie nicht mehr viel an, wie auch alle anderen neben ihr, aber das, was sie am Körper trugen, roch nach ihren Ausdünstungen. Oh, wenn sie hier nur wegkönnte! Es gab ja eine Türe, aber die war für sie unerreichbar. Sie konnte sie sehen, wenn sie den Kopf stark verdrehte, was ihre Position aber noch unangenehmer machte. Aber sie wusste, dass sie da war! Das hieß, dass es eine Möglichkeit gab, von hier wegzukommen. Sie war nicht eingemauert. Aber wie sollte sie bis dorthin gelangen? Sie hatte ja kaum mehr die Kraft, den Kopf so weit zu bewegen, um zu sehen, wie es ihrer Nachbarin im Moment erging. Das war eine bemerkenswert optimistische, schlanke Mittvierzigerin, die ihr noch vor Kurzem gut zugeredet hatte.

Lass dich nicht hängen, komm, wir schaffen das. Wenn du es positiv siehst, tut es weniger weh!

Mittlerweile war auch sie verstummt, kämpfte mit sich und mit ihrer Lage.

„Uuuund wieder locker lassen. Sehr gut, meine Damen, alle haben durchgehalten. Ziehen Sie sich etwas über, jetzt kommt noch das Cool-down, und dann war es das für heute. Ich muss Sie loben, diese statischen Bauchmuskelübungen können einem schon ziemlich an die Substanz gehen. Toll haben Sie das gemacht." Der Fitnesstrainer klatschte in die Hände. Sie bekam wieder Luft. Die ganze Anspannung fiel von ihr ab, sie rollte sich auf die Seite und stützte sich auf.

„Ich hab geglaubt, ich überleb das heute nicht", schnaufte ihre Nachbarin, noch immer auf dem Rücken liegend. „So gequält hat er uns noch nie. Ich freu mich schon auf den Muskelkater."

Fundstücke

Ein Schlüssel, ein Frosch, eine Uhr. Ein Schlüssel, ein Frosch, eine Uhr. Immer und immer wieder sagte sie sich diese drei Dinge vor. Sie lächelte. Ein Schlüssel, ein Frosch, eine Uhr. Ihre Schätze, die sie gefunden hatte.

Sie stapfte weiter, den Blick vor sich auf den Boden gerichtet. Was links und rechts und weiter vorne war, wollte sie nicht sehen. Nie hob sie den Kopf. Ihre Mutter schimpfte immer, wenn sie so ging. Sie wollte, dass sie den Kopf hob und die Leute ansah, die ihr entgegenkamen. Hier kamen eh keine Leute, hier war sie alleine. Zeit für sich und für ihre Schätze. Sie presste die Hände in die Taschen ihres gelb-orangen Anoraks. Die Handflächen hatte sie zu Schalen geformt. In ihnen lagen ihre Funde. Sie würde sie gut verstecken müssen, damit ihre Mutter sie ihr nicht wegnahm. Ihre Mutter wollte keine Schätze in ihrem Haus haben und filzte jedes Mal ihre Taschen und die Kapuze, und sogar unter den Pullover schaute sie, bevor sie sie ins Haus ließ. Früher war sie immer wütend geworden, wenn sie ihr all die schönen Dinge wegnahm, die sie bei ihren Spaziergängen eingesammelt hatte. Mit der Zeit hatte sie gelernt, sie vorher schon zu verstecken. Allerdings waren ihre Verstecke auch nicht immer so toll. Meistens waren die Sachen dann doch weg, wenn sie eine Woche später wieder nachsehen wollte, wie sie aussahen. Unter der Woche war sie nämlich tagsüber in ihrem Institut und hatte keine Zeit, spazieren zu gehen. Das durfte sie nur am Wochenende und nur am Nachmittag. Im Institut lernte sie, was andere Kinder in der Schule lernten. Nur langsamer. Lustiger. Sie hatte ihre Brüder oft stöhnen gehört, wenn sie am Abend im Zimmer bei ihren Hausaufgaben saßen. Bei ihr gab es nichts zu stöhnen. Sie fand die Aufgaben lustig. Nur nahmen sie ihr so viel Zeit weg. Aber dafür gab es ja Samstag und Sonntag. Da ging sie gleich nach dem Mittagessen los und lief durch den Wald. Dort fand sie immer die Schätze, die sie sammelte. Anfangs wollte ihre Mutter, dass jemand mit ihr mitging, aber das war ihr lästig. Dann sprach dauernd jemand neben ihr und lenkte sie vom Boden ab. Nie antwortete sie, nie blieb sie stehen, wenn sie darum gebeten wurde, oder drehte um, bevor sie dazu bereit war. Das hatte dazu geführt, dass sie dann doch alleine gehen durfte.

„Was willst du denn?", hatte ihr Vater zu ihrer Mutter gesagt, „sie läuft da draußen herum und freut sich über kleine Dinge. Dabei ist sie an der frischen Luft und hat Bewegung. Lass sie doch, wenn es ihr guttut."

Ihre Mutter schnaubte, sagte aber nichts mehr. Es kam nicht oft vor, dass sich ihr Vater in ihre Erziehung einmischte, aber wenn, dann hatte seine Stimme Gewicht. Sie mochte seine Stimme, sie war so ruhig und tief, aber gar nicht brummig. Er sprach nicht viel.

Wenn er sie an zwei Tagen in der Woche zu ihrem Institut brachte – die restlichen Tage wurde sie wie die anderen auch von einem Bus eingesammelt und wieder nach Hause gebracht –, erzählte er ihr manchmal, was er an diesem Tag in der Arbeit zu tun hatte. Dann fragte er sie, was sie wohl den Tag über tun würde, und ließ ihr Zeit für ihre Antwort. Bevor sie ausstieg, küsste er immer seinen Zeigefinger und drückte ihn ihr auf die Nase. Dann sagte er: „Hab Spaß, mein Spatz" und wartete im Auto, bis sie im Gebäude verschwunden war. Erst dann ließ er den Motor wieder an, wendete und fuhr davon. Er liebte diese kurzen, ruhigen Fahrten mit seiner Großen. Er war stolz auf sie, so wie sie war. Er hatte vom ersten Augenblick ihres Lebens an gewusst, dass sie ein ganz besonderer Mensch war. Auch in den ersten Wochen nach ihrer Geburt, in denen die Ärzte und das gesamte Pflegepersonal versucht hatten, ihn davon zu überzeugen, dass sie vielleicht nicht lange zu leben hatte. Von Sauerstoffmangel bei der Geburt war die Rede, von eventuellen Rückenmarksverletzungen und sicheren Entwicklungsstörungen. Davon, dass sie vielleicht nie beginnen würde, selbstständig zu atmen, und selbst wenn, würde sie ihr ganzes Leben mit diesen Defiziten leben müssen. Er schüttelte nur den Kopf, wenn sie zu ihm kamen, sagte, er hätte jetzt keine Zeit, weil er mit seiner Tochter sprechen wollte. Dann setzte er sich in der Intensivstation neben den kleinen Brutkasten und erzählte ihr, wie sehr er sich auf sie gefreut hatte, dass er so stolz auf sie war, dass sie eine Kämpferin sei und er sich schon darauf freue, sie mit nach Hause zu nehmen. Er erzählte ihr, wie ihr Kinderzimmer aussah, das er mit seiner Frau eingerichtet hatte, kaum dass der blaue Streifen am Schwangerschaftstest zu sehen gewesen war. Er streichelte ihre kleine Nase und ging erst nach Hause, wenn die Nachtschwester ihn zum dritten Mal bat, sich selbst und seiner Tochter nun auch mal eine Pause zu gönnen. Seine Frau erholte sich von der schweren Geburt und war selbst noch so schwach, dass sie immer nur kurz die Kraft fand, sich zu ihr zu setzen und sie still und etwas ängstlich anzusehen.

Ihr war warm. Heute hätte sie den Anorak nicht gebraucht. Ihre Mutter wollte ihr eine dünnere Jacke zum Anziehen geben. Die hatte aber nicht so schöne Taschen wie der

Anorak. Ein Schlüssel, ein Frosch, eine Uhr. Sie spürte die Sachen in ihren Händen. Der Schlüssel war das Erste, was sie heute gefunden hatte. Es war ein großer, rostiger Schlüssel. Er lag ganz am Rand des Spazierweges. Sie hatte ihn kaum gesehen, weil er ein wenig in die Erde gedrückt war und fast die gleiche Farbe hatte. Sie musste ihn mit ihren Fingernägeln aus seinem Erdbett ziehen. Leicht war das nicht, aber sie erwischte ihn. Dann putzte sie sorgfältig die restliche Erde ab und betrachtete ihn. Sie hatte schon früher einmal einen Schlüssel gefunden, aber das war ein normaler, moderner Haustürschlüssel gewesen. Der hier sah wunderschön aus. Er hatte einen geschwungenen Ring und einen mächtigen Bart. Er wog schwer in ihrer Hand, und sie war sich sicher, dass es sich bei diesem Schlüssel um einen sehr wichtigen handelte. Sicher war er für die Tür einer Schatzkammer oder einer Burg. Sie hielt ihn fest in der linken Hand. Sie spürte, wie er langsam wärmer wurde und schließlich die Temperatur ihrer Hand angenommen hatte. Kurz genoss sie das Gefühl und ließ ihn dann vorsichtig in ihre Tasche gleiten. Sie summte. Wenn sie summte, kam keine Melodie über ihre Lippen, sondern immer wieder der gleiche Ton in beinahe gleicher Länge. Es war ein gleichförmiges Summen, das manchmal etwas nach unten abglitt. Ihre Mutter mochte auch das Summen nicht gerne. Sie hielt es für sonderbar. Aber es machte sie froh. Wenn sie etwas Schönes gefunden hatte, summte sie besonders oft. Außer ihre Mutter war in der Nähe, dann war sie lieber still, um sich nicht zu verraten. Heute summte sie laut. Sie ging und summte. Sie hielt den Schlüssel leicht in ihrer linken Hand, die in der Anoraktasche steckte. Jetzt brauchte sie noch ein zweites Ding. Damit die rechte Hand nicht leer blieb. Sie ging weiter, den Kopf gesenkt. Ein Schlüssel, ein Schlüssel, ein Schlüssel. Er ging ihr nicht mehr aus dem Kopf. Beinahe wäre sie an dem Frosch vorbeigegangen. Oder noch schlimmer – draufgetreten. Er war nur mehr schwer zu sehen, so platt, wie er vor ihr auf der Straße lag. Wie oft mag er wohl überfahren worden sein? Nur die Umrisse verrieten, dass es sich dabei um ein Tier gehandelt hatte. Sie tippte ihn mit ihrem rechten Zeigefinger an. Er war kühl, trocken und ledrig. Sie fuhr die Konturen langsam nach und bohrte dann mit den Fingern in die harte Erde. Langsam lockerte sie ihn und hielt ihn zwischen Daumen und Zeigefinger fest. Sie drehte ihn hin und her und sah ihn von allen Seiten an. „Tot", murmelte sie. „Du bist ja tot!" Sie schüttelte ihn leicht und wartete. Ein kleines Erdklümpchen fiel von ihm ab. Sie hielt erschrocken inne. Sie wollte ihn doch nicht kaputtmachen! Einen Frosch hatte sie noch nie gefunden. Gesehen schon, aber die lebten alle und sprangen davon, wenn sie sie angreifen wollte. Dieser hier blieb. Sie lächelte und ließ ihre Zungenspitze ein wenig aus dem Mund stehen, so freute sie sich. Sie blies dem Frosch ins Gesicht und sagte: „Du kommst mit mir und meinem Schlüssel mit." Dann steckte sie ihn in die Tasche und kehrte um. Sie hatte zwei Schätze gefunden, die sie nun nach Hause bringen musste. Beim Umdrehen blitzte etwas Silbernes auf. Es lag nur ein paar Zentimeter weiter, etwas neben dem Weg, auf gleicher Höhe wie der Frosch. Sie sah hin. Sie sammelte nur Sachen auf, die direkt vor ihr lagen. Die anderen beachtete sie sonst gar nicht. Aber da glitzerte etwas. Und sie sah es, auch wenn es neben der Straße lag. Sie wippte hin und her. Sie war unentschlossen. Sie hatte beide Hände voller Schätze. Was tun?

Den Schlüssel links, den Frosch rechts in den Taschen vergraben, ging sie zwei kleine Schritte nach vorn. Sie kniete sich hin. Kühle Feuchtigkeit kroch sofort durch ihre Hose. Sie zögerte. Das bedeutete, dass ihre Mutter schimpfen würde. Sie mochte keine nassen Hosen. Aber vor ihr lag etwas, das zuerst wie eine Schlange aussah, nein, wie ein Armband. Sie beugte sich weiter vor. Ihre Hände zuckten in den Taschen, aber sie wollte ihre Schätze nicht loslassen. Sie richtete sich auf und überlegte. Sie wollte wissen, was da lag. Sie hielt den Schlüssel fest und den Frosch. Sie beugte sich noch einmal nach vorne und berührte schon fast mit der Nase den Boden. Sie sah es nicht richtig. Wieder richtete sie sich auf. Dann nahm sie die rechte Hand mit dem Frosch aus der Tasche und ließ ihn ganz vorsichtig in die linke Hand gleiten, wo er sich auf den Schlüssel legte und gut zu spüren war. Sie summte ganz aufgeregt. Jetzt konnte sie das silberne Teil angreifen. Sie zog daran und sah eine Uhr mit kaputtem Glas. Das silberne Band glitzerte mit den Glassplittern um die Wette. Sie war wunderschön. Sie konnte sie nicht gut abputzen, weil die linke Hand ja schon doppelt belegt war, aber das würde sie später in ihrem Versteck machen. Jetzt hatte sie ihre eigene Uhr. Ihre Brüder hatten welche, die lagen aber meistens im Badezimmer oder in der Küche herum. Ihre Mutter wollte ihr auch schon mal eine geben, aber sie vertrug das Gefühl des festen Reifens um ihr Handgelenk nicht und schüttelte die Hand so lange, bis sie sie ihr wieder abgenommen hatte. Noch zweimal hatte sie versucht, sie davon zu überzeugen, dass es nichts Schlimmes war. Hatte die Uhr selbst angezogen und sie ihr gezeigt und dann noch einmal versucht, sie ihr überzustreifen. Sie hatte sich aber weiterhin dagegen gewehrt. Diese Uhr war anders. Sie war kaputt, das konnte man deutlich sehen. Das bedeutete, dass sie sie nicht tragen musste, und das war gut. Sie ließ ihre rechte Hand nun mit der Uhr wieder in die Tasche gleiten und stand mühsam auf. Ihre Knie waren eiskalt und nass, aber das machte nichts. Sie hatte drei neue Schätze.

Ein Schlüssel, ein Frosch, eine Uhr.

Zeitfracht Medien GmbH
Ferdinand-Jühlke-Straße 7
99095 Erfurt, Deutschland
produktsicherheit@kolibri360.de